U0789142

四書五經

赵文博 主编

辽海出版社

图书在版编目（CIP）数据

四书五经：全 8 卷 / 赵文博主编 . —沈阳：辽海出版社，2016. 4
ISBN 978-7-5451-3685-2

Ⅰ . ①四… Ⅱ . ①赵… Ⅲ . ①四书 ②五经 Ⅳ . ① B222.1 ② Z126.1

中国版本图书馆 CIP 数据核字（2016）第 048733 号

四书五经

责任编辑：柳海松　冷厚诚
责任校对：顾　季
装帧设计：马寄萍
出　版　者：辽海出版社
地　　　址：沈阳市和平区十一纬路 29 号
邮政编码：110003
电　　　话：024-23284473
E – mail：dyh550912@163.com
印　刷　者：三河市天润建兴印务有限公司
发　行　者：辽海出版社
开　　　本：787mm × 1092mm　1/16
印　　　张：144
字　　　数：2100 千字
出版时间：2016 年 5 月第 1 版
印刷时间：2016 年 5 月第 1 次印刷
定　　　价：1380. 00 元

《四书五经》编委会

总 目 录

前　言

　　中国传统文化经过数千年的积淀，流传下来许多经典名著，其中的《四书五经》作为中国最大思想流派——儒家最重要的典籍，其对人类思想与社会发展的重大影响，完全可以与基督教的《圣经》、伊斯兰教的《古兰经》等相媲美。《四书五经》浓缩了古代先人对宇宙自然、社会人生的深入思索，镌刻了古圣先贤对道德修养、伦理教化的价值规范："士不可以不弘毅，任重而道远"可以帮助人树立崇高理想；"明德知耻、尚礼守信"可以规范人的道德操守；"格物致知"可以教导人认识客观事物的正确方式；"学不可以已"更与现代"终生学习"的理念不谋而合。正是这些优秀的文化因子，潜移默化地影响与建构着现代人的人格理想、心理结构、风尚习俗与精神素质。这都将是陪伴我们一生的精神财富，帮助我们不断进取的无穷力量。有鉴于此，我们特组织编写了《四书五经》。

　　《四书五经》中的《四书》是《大学》、《中庸》、《论语》、《孟子》这四部著作的总称。

　　据称它们分别出于早期儒家的四位代表性人物曾参、子思、孔子、孟子，所以称为《四子书》（也称《四子》），简称为《四书》。南宋光宗绍熙远年（1190年），当时著名理学家朱熹在福建漳州将《大学》、《论语》、《孟子》、《中庸》汇集到一起，作为一套经书刊刻问世。这位儒家大学者认为"先读《大学》，以定其规模；次读《论语》，以定其根本；次读《孟子》，以观其发越；次读《中庸》，以求古人之微妙处"并曾说"《四子》，《六经》之阶梯"（《朱子语类》）朱熹著《四书章句集注》，具有划时代意义。汉唐是《五经》时代，宋后是《四书》时代。

《四书五经》之《大学》：《大学》原本是《礼记》中一篇，是孔子及其门徒留下来的遗书，是儒学的人门读物。所以，朱熹把它列为"四书"之首。

《四书五经》之《中庸》：《中庸》原来也是《礼记》中一篇，在南宋前从未单独刊印。一般认为它出于孔子的孙子子思（前 483 —前 402）之手，《史记·孔子世家》称"子思作《中庸》"。自唐代韩愈、李翱维护道统而推崇《中庸》（与《大学》），至北宋二程百般褒奖宣扬，甚至认为《中庸》是"孔门传收授心法"，再到南宋朱熹继承二程思想，便把《中庸》从《礼记》中抽出来，与《论语》、《孟子》、《大学》并列，到朱熹撰《四书章句集注》时，便成了《四书》之一。

《四书五经》之《论语》：《论语》是记载孔子及其学生言行的一部书。《论语》成书于春秋战国之际，是孔子的学生及其再传学生所记录整理。《论语》是记载孔子及其学生言行的一部书。《论语》涉及哲学、政治、经济，教育、文艺等诸多方面，内容非常丰富，是儒学最主要的经典。

《四书五经》之《孟子》：《孟子》是记载孟子及其学生言行的一部书。到南宋孝宗时，朱熹编《四书》列入了《孟子》，正式把《孟子》提到了非常高的地位。元、明以后又成为科举考试的内容，更是读书人的必读书了。

《四书五经》中的《五经》是指：《诗经》、《尚书》、《礼记》、《周易》、《左传》。

　　《四书五经》之《诗经》：先秦称《诗》，或《诗三百》，是中国第一本诗歌总集。汇集了从西周初年到春秋中期五百多年的诗歌三百零五篇（原三百十一篇），是西周初至春秋中期的诗歌总集。此书广泛地反映了当时社会生活各方面，被誉为古代社会的人生百科全书，对后世影响深远。喜欢诗词的朋友，相信都有读过。

　　《四书五经》之《尚书》：古时称《书》、《书经》，至汉称《尚书》。"尚"便是指"上"，"上古"，该书是古代最早的一部历史文献汇编。记载上起传说中的尧舜时代，下至东周（春秋中期），约1500多年。基本内容是古代帝王的文告和君臣谈话内容的记录。

　　《四书五经》之《礼记》：战国到秦汉年间儒家学者解释说明经书《仪礼》的文章选集，"《礼记》只是解《仪礼》"（《朱子语类·卷八十七》），是一部儒家思想的资料汇编。

　　《四书五经》之《周易》：也称《易》、《易经》，列儒家经典之首。《周易》是占卜之书，其外层神秘，而内蕴的哲理至深至弘。作者应是筮官，经多人完成。内容广泛记录了西周社会各方面，包含史料价值、思想价值和文学价值。

　　《四书五经》之《左传》：也称《左氏春秋》、《春秋古文》、《春秋左氏传》，古代编年体历史著作。《史记》称作者为春秋时左丘明，清代今文经学家认为系刘歆改编，近人又认为是战国初年人据各国史料编成（又有说是鲁国历代史管所写）。它的取材范围包括了王室档案，鲁史策书，诸侯国史等。记事基本以《春秋》鲁十二公为次序，内容包括诸侯国之间的聘问、会盟、征伐、婚丧、篡弑等，对后世史学文学都有重要影响。

　　本书采用原译文对照的形式，精选原书中千古流传的珍句名篇，一一详加翻译、校勘，以最新的视角解读最传统的文化经典《四书五经》，以最新的形式整合中华文明的千年积淀，带读者跨越千年时光，与古人作一番心灵交流，全面领略中华民族博大精深、源远流长的丰富遗产，这就是本书的主旨所在。《四书五经》一方面真正地反映了原著的事例、风貌，另一方面在整理方面则更多地融入了当代经典研究的最新思想与最新成果，使读者在阅读本书的同时，能够接触到当代文学、哲学以及社会学发展的最前沿。相信读者通过阅读本书，一定会开卷有益，对这套影响了华夏子孙数千年之久的文化巨著有全新的认识与理解。

限于编者水平所限，书中难免存在疏虞之处，恳请广大读者与学者专家们不吝指正。

本书编委会

目　录

大　学

中　庸

论　语

孟　子

尚　书

易　经

诗　经

礼　记

春秋左传

大

学

大　学

【原文】

大学之道，在明明德①，在亲民，在止于至善。

【注释】

①明，明之也。明德者，人之所得乎天而虚灵不昧，以具众理而应万事者也。但为气禀所拘，人欲所蔽，则有时而昏。然其本体之明，则有未尝息者。故学者当因其所发而遂明之，以复其初也。

【译文】

大学的教育纲领是：显明先天固有的善良的德性，革除旧的思想习气，以求达到最完善的境界。

【原文】

知止而后有定①，定而后能静②，静而后能安③，安而后

能虑④，虑而后能得⑤。

【注释】

①后，与後同。后放此。止者，所当止之地，即至善之所在也，知之则志有定向。

②静，谓心不妄动。

③安，谓所处而安。

④虑，谓处事精详。

⑤得，谓得其所止。

【译文】

知道了要达到的境界，就要立下坚定的志向；有了坚定的志向，就能做到心不妄动，一心一意；做到了心不妄动，然后就能居处安稳；居处安稳之后，就能做到思虑周详；做到了思虑周详，然后才能达到最完善的境界。

【原文】

物有本末，事有终始。知所先后，则近道矣。①

【注释】

①明德为本，新民为末；知止为始，能得为终。本、始，所先；末、终，所后。此结上文两节之意。

【译文】

万物都有本末轻重，万事都有先后始终。知道了如何摆正事物的先后次序，那就接近掌握大学的纲领了。

【原文】

古之欲明明德于天下者，先治[1]其国；欲治其国者，先齐其家；欲齐其家者，先修其身；欲修其身者，先正其心；欲正其心者，先诚其意；欲诚其意者，先致其知。致知在格物。[2]

【注释】

[1]治，去声。后放此。

[2]明明德于天下者，使天下之人皆有以明其明德也。心者，身之所主也。诚，实也；意者，心之所发也。实其心之所发，欲其必自慊而无自欺也。致，推极也；知，犹识也。推极吾之知识，欲其所知无不尽也。格，至也；物，犹事也。穷至事物之理，欲其极处无不到也。此八者，大学之條目也。

【译文】

古代想要显明美德于天下的人，首先要治理好他的邦国；要想治理好邦国，先要整治好他的家族；要想整治好家族，先要修养自己的品性；要想修养品性，先要端正好自己的思想；要想端正思想，先要使自己的意念真诚。要想意念真诚，先要认识明确。认识明确的途径在于不停探讨事物的原理。

【原文】

物格而后知至①，知至而后意诚②，意诚而后心正③，心正而后身修，身修而后家齐，家齐而后国治④，国治而后天下平⑤。

【注释】

①物格者，物理之极处无不到也。知至者，吾心之所知无不尽也。

②知既尽，则意可得而实矣。

③意既实，则心可得而正矣。

④治，去声。后放此。

⑤"身修"以上，明明德之事也。"家齐"以下，新民之事也。物格知至，则知所止矣。"意诚"以下，则皆得所止之序也。

【译文】

掌握了事物的原理，然后才能认识明确；有了明确的认识，然后才能意念真诚；做到了意念真诚，然后才能思想端

子 贡

正；思想端正，然后才能修养品性；品性得到了修养，然后才能整治家族；整治好家族，然后才能治理邦国；邦国得到了治理，然后才能天下太平。

【原文】

自天子以至于庶人，壹是①皆以修身为本。②

【注释】

①壹是，一切也。

②"正心"以上，皆所以修身也。"齐家"以下，则举此而错之耳。

【译文】

从天子直到百姓，都要把修养品性作为根本。

【原文】

其本①乱而末治者，否矣；其所厚②者薄，而其所薄者厚，未之有也。③

【注释】

①本，谓身也。

②所厚，谓家也。

③此两节，结上文两节之意。

【译文】

根本混乱而末节却得到了治理，这是不可能出现的；就一个家族来说，不以修身为本就意味着所重视的是枝节，所忽略的倒是根本，如此能整治家族的事是从来没有的。

【原文】

《康诰》①曰："克②明德"。《大甲》③曰："顾諟天之明命④。"《帝典》⑤曰："克明峻⑥德。"皆自明也⑦。

【注释】

①康诰，《周书》。

②克，能也。

③《大甲》，商书。大，读作泰。

④顾，谓常目在之也。諟，古是字，犹此也，或曰审也。天之明命，即天之所以与我，而我之所以为德者也。常目在之，则无时不明矣。

⑤《帝典》，《尧典》，虞书。

⑥峻，《书》作俊。大也。

⑦结所引《书》，皆言自明己德之意。

【译文】

《康诰》中说："能够崇尚美德。"

《太甲》中说："经常想念上天赋予的美德。"

《帝典》中说："使大德能够显明。"这些都是说要使自己的美德得以发扬。

【原文】

汤之《盘铭》①曰："苟②日新，日日新，又日新。③"《康诰》曰："作新民。④"《诗》⑤曰："周虽旧邦，其命维新。⑥"是故君子无所不用其极。⑦

【注释】

①盘，沐浴之盘也。铭，名其器以自警之辞也。

②苟，诚也。

③汤以人之洗濯其心以去恶，如沐浴其身以去垢。故铭其盘，言诚能一日有以涤其旧染之污而自新，则当因其已新者，而日日新之，又日新之，不可略有间断也。

④鼓之舞之之谓作，言振起其自新之民也。

⑤诗，《大雅·文王》之篇。

⑥言周国虽旧，至于文王，能新其德以及于民，而始受天命也。

⑦自新，新民，皆欲止于至善也。

【译文】

汤朝的《盘铭》上说："如一天能够自新，则应天天自新，新了还要更新。"《康诰》上说："鼓励平民自新。"《诗经》上说："周朝虽是旧邦国，承受天命却很新。"因此，君子无处不追求完善的境地。

【原文】

《诗》①云："邦畿②千里，惟民所止③。"《诗》④云："缗蛮⑤黄鸟，止于丘隅⑥。"子曰："于止，知其所止，可以人而不如鸟乎！⑦"《诗》⑧云："穆穆⑨文王，於缉熙敬止！⑩"为人君，止于仁；为人臣，止于敬；为人子，止于孝；为人父，止于慈；与国人交，止于信。⑪

【注释】

①诗，《商颂·玄鸟》之篇。

②邦畿，王者之都也。

③止，居也，言物各有所当止之处也。

④诗，《小雅·缗蛮》之篇。

⑤缗，《诗》作绵。缗蛮，鸟声。

⑥丘隅，岑蔚之处。

⑦"子曰"以下，孔子说《诗》之辞。言人当知所当止之处也。

⑧《诗》，《文王》之篇。

⑨穆穆，深远之意。

⑩"於缉"之於，音乌，叹美辞。缉，继续也。熙，光

颜　回

明也。敬止，言其无不敬而安所止也。引此而言圣人之止，无非至善。

⑪五者乃其目之大者也。学者于此，究其精微之蕴，而又推类以尽其余，则于天下之事，皆有以知其所止而无疑矣。

【译文】

《诗经》上说："天子管辖的广大地区，都是民众居住的地方。"《诗经》上说："鸣叫的黄鸟，停留在山边。"孔子说："在停留的时候，黄鸟都知道它该停留的地方，难道人还不如鸟吗？"《诗经》上说："德行深远的文王啊！他光明正大，恭恭敬敬地待在应当待的地方。"做君主的要达到仁，做臣子的要达到敬，做子女的要达到孝，做父母的要达到慈，和国人交往要达到信。

【原文】

《诗》①云："瞻彼淇澳②，菉竹猗③猗。有斐④君子，如切如磋，如琢如磨⑤。瑟⑥兮僩⑦兮，赫兮喧兮。有斐君子，终不可喧⑧兮。"如切如磋者，道学⑨也。如琢如磨者，自修⑩也。瑟兮僩兮者，恂栗⑪也。赫兮喧兮者，威仪⑫也。有斐君子，终不可喧兮者，道盛德至善，民之不能忘也。⑬

【注释】

①诗，《卫风·淇澳》之篇。

②淇，水名。澳，於于反。澳，隩也。

③菉，《诗》作绿。猗，叶韵，音阿。猗猗，美盛貌。兴也。

④斐，文貌。

⑤切以刀锯，琢以椎凿，皆裁物使成形质也。磋以鑢锡，磨以沙石，皆治物使其滑泽也。治骨角者，既切而复磋之；治玉石者，既琢而复磨之：皆言其治之者绪，而益致其精也。

⑥瑟，严密之貌。

⑦僩，下旬。武毅之貌。

⑧喧，《诗》作咺；喟，《诗》作谖：并雪弯反。赫喧，宣著盛大之貌。喟，忘也。

⑨道，言也。学，谓讲习讨论之事。

⑩自修者，省察克治之功。

⑪恂，郑氏读作峻。恂慄，战惧也。

⑫威，可畏也。仪，可象也。

⑬引《诗》而释之，以明"明明德"者之"止于至善"。道学、自修，言其所以得之之由。恂慄、威仪，言其德容表裹之盛。卒乃指其实而叹美之也。

【译文】

《诗经》上说："看那淇水弯曲处，绿竹特别茂盛。有个文雅的君子，好像切磋过的象牙，琢磨过的美玉一样，多么盛大、光明啊！这样文雅的君子，叫人永远难忘。"如切如磋，是说他治学的态度；如琢如磨，是说他修养的功夫；庄严刚毅是说他有严肃谨慎的态度；盛大光明是说他威严的仪表；这样文雅的君子叫人永远难忘，是说他盛大的德行达到了最高的道德境界，民众是不能忘记他的。

【原文】

《诗》①云："於戏②，前王③不忘。"君子④贤其贤而亲其亲，小人⑤乐⑥其乐而利其利，此以没世不忘也。⑦

【注释】

①诗，《周颂·烈文》之篇。

②於戏，呜呼，叹辞。

③前王，谓文、武也。

④君子，谓其后贤后王。

⑤小人，谓后民也。

⑥乐，音洛。

⑦此言前王所以新民者，止于至善，能使天下后世无一物不得其所，所以既没世而人思慕之，愈久而不忘也。此两节咏叹淫泆，其味深长，当熟玩之。

【译文】

《诗经》上说："啊，不要忘记前王啊。"君子推崇前王所推崇的贤德，亲爱前王所亲爱的人，百姓享受前王所创造的安乐，享受前王所遗留的利益。因此，（前王虽已逝去，）

人们却永远不会忘记他。

【原文】

子曰："听讼，吾犹人也，必也使无讼乎！"无情者不得尽其辞，大畏民志，此谓知本。[1]

【注释】

[1]犹人，不异于人也。情，实也。引夫子之言，而言圣人能使无实之人不敢尽其虚诞之辞。盖我之明德既明，自然有以畏服民之心志，故讼不待听而自无也。观于此言，可以知本末之先后矣。

【译文】

孔子说："听理诉讼，我跟别人差不多。一定要说不同的地方，大概是我想消除诉讼吧！"对于没有真凭实据的诉讼人，要使他不能够尽力狡辩；统治者则要让百姓从思想上敬服他。这样才会消除诉讼。这就叫懂得最根本的道理。

【原文】

此谓知本[1]，此谓知之至也。[2]

【注释】

①程子曰："衍文也。"

②此句之上，别有阙文，此特其结语耳。

【译文】

这就叫懂得了根本的道理。这就叫知识达到了顶点。

【原文】

所谓诚其意者，毋自欺也。如恶恶臭，如好好色。此之谓自谦。故君子必慎其独也①。小人闲②居，为不善无所不至，见君子而后厌然③，揜其不善而著为善。人之视己，如见其肺肝然，则何益矣？此谓诚于中，形于乐，故君子必慎其独也④。曾子曰："十目所视，十手所指，其严乎！⑤"富润屋，德润身，心广体胖⑥，故君子必诚其意。⑦。

【注释】

①诚其意者，自修之首也。毋者，禁止之辞。自欺云者，知为善以去恶，而心之所发，有未实也。谦，快也，足也。独者，人所不知而己所独知之地也。言欲自修者知为善以去其恶，则当实用其力，而禁止其自欺。使其恶恶则如恶恶臭，好善则如好好色，皆务决去而求必得之，以自快足于己，不可徒苟且以徇外而为人也。然其实与不实，盖有他人

所不及知而己独知之者，故必谨之于此以审其几焉。

②闲，闲居，独处也。

③厌，郑氏读为𤏳。厌然，消沮闭藏之貌。

④此言小人阴为不善，而阳欲掩之，则是非不知善之当为与恶之当去也；但不能实用其力以至此耳。然欲掩其恶而卒不可掩，欲诈为善而卒不可诈，则亦何益之有哉！此君子所以重以为戒，而必谨其独也。

⑤引此以明上文之意。言虽幽独之中，而其善恶之不可掩如此，可畏之甚也。

⑥胖，盘丹反，安舒也。

⑦言富则能润屋矣，德则能润身矣，故心无愧怍，则广大宽平，而体常舒泰，德之润身者然也。盖善之实于中而形于外者如此，故又言此以结之。

【译文】

所谓使意念真诚，就是说自己不要欺骗自己，要像讨厌难闻的气味、喜好美丽的女子一样出于真心。这样才能说心安理得。所以君子在一人独处时一定要小心谨慎。

那些小人闲居独处时干尽坏事，见到君子之后却躲躲闪闪，企图把他们干的坏事掩盖起来，故意装出善良的样子。其实别人看他们，就像看到他们的五脏六腑一样，这种自欺欺人的做法又有什么用处呢？这就叫内心有什么想法，就会在外表上表现出来。所以君子在一人独处时一定要小心谨慎。曾子说："十只眼睛看着你，十只手指指着你，难道不令人畏惧吗？"

财富可以修饰房屋，道德可以修养品性，心胸宽广，身体自然舒坦。所以君子一定要做到意念真诚。

【原文】

所谓修身在正其心者：身有^①所忿懥^②，则不得其正；有所恐惧，则不得其正；有所好乐^③，则不得其正；有所忧患，则不得其正^④。心不在焉，视而不见，听而不闻，食而不知其味。^⑤此谓修身在正其心。

【注释】

①程子曰："'身有'之身当作心。"

②忿，弗粉反。懥，至值反。忿懥，怒也。

③好、乐，并去声。

④盖是四者，皆心之用，而人所不能无者。然一有之而不能察，则欲动情胜，而其用之所行，或不能不失其正矣。

⑤心有不存，则无以检其身，是以君子必察乎此，而敬以直之，然后此心常存而身无不修也。

【译文】

所说的提高自身的品德修养，在于使心正不邪：如果内心有所愤怒，那就不能做到心正不邪；如果内心有所恐惧，那就不能做到心正不邪；如果内心有所喜好，那就不能做到心正不邪；如果内心有所忧虑，那也不能做到心正

有子

不邪。

思想不集中，看到了却像没有看见一样，听到了却像没有听见一样，吃东西却不知道食物的味道，这些都是由于心意不正而造成的。

这就叫做提高自身的品德修养，在于使心正不邪。

【原文】

所谓齐其家在修其身者：人①之②其所亲爱而辟③焉，之其所贱恶而辟焉，之其所畏敬而辟焉，之其所哀矜而辟焉，之其所敖惰而辟焉。故好而知其恶，恶而知其美者，天下鲜矣④。故谚⑤有之曰："人莫知其子之恶，莫知其苗之硕。⑥"此谓身不修，不可以齐其家。

【注释】

①人，谓众人。

②之，犹于也。

③辟，读为僻。犹偏也。

④"恶而"之恶、敖、好，并去声。鲜，上声。五者，在人本有当然之则，然常人之情，唯其所向而不加察焉，则必陷于一偏而身不修矣。

⑤谚，音彦，俗语也。

⑥硕，叶韵，时若反。溺爱者不明，贪得者无厌，是则偏之为害，而家之所以不齐也。

【译文】

所说的治家首先在于修身的道理是：人们对于自己所亲近、喜爱的人会有偏爱，对于自己所鄙视厌恶的人会有偏见，对于自己害怕敬畏的人会有偏见，对于自己怜悯同情的人会有偏袒，对于自己轻视怠慢的人会有偏见。所以喜好某人却能知道他的缺点，厌恶某人却能知道他的优点，能做到这一点的人天下实在是少有啊！所以有句俗话这么说："人们没有谁会认为自己的孩子长得难看，也没有谁会对自己那长势茂盛的禾苗感到满足。"这就是不修身不能够治家的道理。

【原文】

所谓治国必先齐其家者：其家不可教，而能教人者，无之。故君子不出家而成教于国。孝者，所以事君也；弟[1]者，所以事长[2]也；慈者，所以使众也[3]。《康诰》曰："如保赤子。"心诚求之，虽不中[4]，不远矣。未有学养子而后嫁者也[5]。一家仁，一国兴仁；一家让，一国兴让；一人贪戾，一国作乱。其机如此。此谓一言偾事，一人定国[6]。尧、舜帅天下以仁，而民从之；桀、纣帅天下以暴，而民从之。其所令反其所好[7]，而民不从。是故君子有诸己而后求诸人，无诸己而后非诸人。所藏乎身不恕，而能喻[8]诸人者，未之有也[9]。故治国在齐其家[10]。《诗》云[11]："桃之夭夭，其叶蓁蓁[12]。之子[13]于归[14]，宜[15]其家人。"宜其家人，而后可以教国人。《诗》[16]云："宜兄宜弟。"宜兄宜弟，而后可以教国人。《诗》[17]云："其仪不忒[18]，正是四国。"其为父子兄弟足法，而后民法之也。此谓治国在齐其家。[19]。

【注释】

①弟，去声。

②长，上声。

③身修，则家可教矣。孝、弟、慈，所以修身而教于家者也。然而国之所以事君、事长、使众之道，不外乎此。此所以家齐于上，而教成于下也。

④中，去声。

⑤此引《书》而释之。又明立教之本，不假强为，在识其端而推广之耳。

⑥一人，谓君也。机，发动所由也。偾，覆败也。此言教成于国之效。

⑦好，去声。

⑧喻，晓也。

⑨此又承上文一人定国而言。有善于己，然后可以责人之善；无恶于己，然后可以正人之恶。皆推己以及人，所谓恕也。不如是，则所令反其所好，而民不从矣。

⑩通结上文。

⑪《诗》，《周南·桃夭》之篇。

⑫夭，阴平。夭夭，少好貌。蓁，音臻。蓁蓁，美盛貌。兴也。

⑬之子，犹言是子，此指女子之嫁者而言也。

⑭妇人谓嫁曰归。

⑮宜，犹善也。

⑯《诗》，《小雅·蓼萧篇》。

⑰《诗》，《曹风·鸤鸠篇》。

⑱忒，差也。

⑲此三引《诗》，皆以咏叹上文之事，而又结之如此。其味深长，最宜潜玩。

【译文】

所谓治理国家，必须首先治好家庭，意思是说：如果连自己的家人都不能教育好而能教育好一国人民的人，那是没有的。所以那些国君只要提高了自身的品德修养，并治好自己的家庭，他就是不出家门，也能够完成对全国人民的教育。因为在家孝顺父母的道理，就是侍奉国君的道理；在家尊敬兄长的道理，就是服侍长官的道理；在家慈爱子女的道理，也就是支使全国人民时要以慈爱为本的道理。

《康诰》中说："保护人民就要像保护初生的婴儿一样。"这就要求做父母的以诚恳之心去忖度婴儿的心情。虽然不能完全中意，但也不会差得很远。爱子之心出于天性，人人都有。谁也没有见过女子先学会养育孩子的方法而后再出嫁的。

如果国君一家仁爱相亲，那么全国人民将受到感化，便会兴起仁爱的风气；国君一家谦让相敬，那么全国人民也将效法，便会兴起谦让的风气；如果国君贪利暴虐，那么上行下效，全国人民便会见利忘义，犯上作乱。（国君所作所为）的关键作用竟有这样的重要。这就叫做（国君）一句话可以败坏事业，（国君）一个人的行为可以安定国家。

尧、舜以仁政来统率天下，于是人民也跟着他们讲仁爱。桀、纣以暴政来统率天下，于是人民也跟着他们不讲仁爱。他们要人民从善的政令，与他们喜好暴虐的本性是相违背的，于是人民不服从他们的政令。所以说，国君自己有了善的品德而后才能要求别人为善，自己身上没有恶习而后才能去批评别人，使之改恶从善。如果自己不讲恕道，却去开导别人要讲恕道，那是办不到的事。

所以君主要治理好国家，首先要治好他的家庭。

《诗经》中说："桃花娇娆如含笑，满枝叶儿碧又青，这个姑娘出嫁了，合家老小喜盈盈。"国君只有使一家人和睦相亲，而后才可以教育全国的人民。

《诗经》中说："家中兄弟和睦友爱"国君只有使自家兄弟和睦相处，互相友爱，而后才可以教育全国的人民。

《诗经》中说："他的仪容没差错，才能整正好各国。"国君要使自己家中的人，做父亲的讲慈爱，做儿子的讲孝顺，做兄长的讲友爱，做弟弟的讲恭敬，只有使他们的言行足以成为全国人民的准则，然后全国人民才会效法。

这些都说明，国君要治理好国家，首先要整治好他的家庭。

【原文】

所谓平天下在治其国者：上老老^①，而民兴^②孝；上长长^③，而民兴弟^④；上恤孤^⑤而民不倍^⑥，是以君子有絜矩^⑦之道也。^⑧

【注释】

①老老，所谓老吾老也。

②兴，谓有所感发而兴起也。

③长，上声。

④弟，去声。

⑤孤者，幼而无父之称。

⑥倍，与背同。

⑦絜，西结反。度也。矩，所以为方也。

⑧言此三者，上行下效，捷于影响，所谓家齐而国治也。亦可以见人心之所同，而不可使有一夫之不获矣。是以君子必当因其所同，推以度物，使彼我之间各得分愿，则上下四旁均齐方正，而天下平矣。

【译文】

要平定天下，先去治理好邦国。道理是什么呢？在上位的人尊敬老人，一国的平民会兴起"孝"道。在上位的人，尊重长辈，一国的平民会兴起"弟"道。在上位的人救济孤儿，一国的平民就不会背叛。因此君子实行"絜矩"示范的原则。

【原文】

所恶于上，毋以使下；所恶于下，毋以事上；所恶于前，毋以先后；所恶于后，毋以从前；所恶于右，毋以交于左；所恶于左，毋以交于右：此之谓絜矩之道。

【注释】

①恶、先，并去声。

②此复解上文"絜矩"二字之义。如不欲上之无礼于我，则必以此度下之心，而亦不敢以此无礼使之。不欲下之不忠于我，则必以此度上之心，而亦不敢以此不忠事之。至于前后左右，无不皆然。则身之所处，上下四旁，长短广狭，彼此如一，而无不方矣。彼同有是心而兴起焉者，又岂有一夫之不获哉。所操者约，而所及者广，此平天下之要道也。故章内之意，皆自此而推之。

【译文】

厌恶在上位的人办的事，切勿用这样的事对付在下位的人。厌恶在下位的人办的事，切勿用这样的事去应付在上位的人。厌恶在我以前的人办的事，切勿用先前的事对付以后的人，厌恶在我以后的人办的事，切勿用以后的事对付以前的人。厌恶我右边的人办的事，切勿用这样的事和左边的人交往；厌恶我左边的人办的事，切勿用这样的事去与右边的人交往。这就是"絜矩"示范的原则。

曾　参

【原文】

《诗》①云："乐只②君子，民之父母。"民之所好好之，民之所恶恶③之，此之谓民之父母④。《诗》⑤云："节⑥彼南山，维石岩岩。赫赫师尹⑦，民具⑧尔瞻。"有国者不可以不慎；辟则为天下僇⑨矣。《诗》⑩云："殷之未丧⑪师⑫，克配上帝⑬。仪⑭监⑮于殷，峻⑯命不易⑰。"道⑱得众则得国，失众则失国⑲。

【注释】

①诗，《小雅·南山有台》之篇。

②乐，音洛。只，音纸，语助词。

③好、恶，并去声，下并同。

④言能絜矩而以民心为己心，则是爱民如子，而民爱之如父母矣。

⑤诗，《小雅·节南山》之篇。

⑥节，读为截。截然高大貌。

⑦师尹，周大师尹氏也。

⑧具，俱也。

⑨辟，读为僻。偏也。僇，与戮同。言在上者人所瞻仰，不可不慎。若不能絜矩而好恶徇于一己之偏，则身弑国亡，为天下之大戮矣。

⑩诗，《文王》篇。

⑪丧，去声。

⑫师，众也。

⑬配，对也。配上帝，言其为天下君而对乎上帝也。

⑭仪，《诗》作宜。

⑮监，视也。

⑯峻，《诗》作骏。大也。

⑰易，去声。不易，言难保也。

⑱道，言也。

⑲引《诗》而言此，以结上文两节之意。有天下者能存此心而不失，则所以絜矩而与民同欲者，自不能已矣。

【译文】

《诗经》上说："美好的君子啊，是平民的父母。"平民喜好的，君子也喜好；平民厌恶的，君子也厌恶。这才能够成为"平民的父母"。《诗经》上说："高高的终南山，山崖险峻直立。显赫的太师尹氏，平民都注视您。"统治邦国的人不可以不谨慎。如果办事偏颇，就会被天下人废黜了。《诗经》上说："殷朝没有丧失民心的时候，德行与上帝的要求相称。请用殷朝作个鉴戒，守住天命并非容易。"这是说得到民心，就会得国；失去民心，就会失国。

【原文】

是故君子先慎乎德①。有德此有人②，有人此有土③，有土此有财，有财此有用④。德者本也，财者末也⑤，外本内末，争民施夺⑥。是故财聚则民散，财散则民聚⑦。是故言悖[8]而出者，亦悖而入；货悖而入者，亦悖而出[9]。

【注释】

①先慎乎德，承上文不可不慎而言。德，即所谓明德。

②有人，谓得众。

③有土，谓得国。

④有国，则不患无财用矣。

⑤本上文而言。

⑥人君以德为外，以财为内，则是争斗其民，而施之以劫夺之教也。盖财者，人之所同欲，不能絜矩而欲专之，则民亦起而争夺矣。

⑦外本内末，故财聚。争民施夺，故民散。反是，则有德而有人矣。

⑧悖，布内反。逆也。

⑨此以言之出入，明货之出入也。自先慎乎德以下至此，又因财货以明能絜矩与不能者之得失也。

【译文】

因此君子首先要慎重修养德性。有德，这才有人；有人，这才有土地；有土地，这才有财富；有财富，便能供给日用。德是根本，财是枝末。将根本当作外，将枝末当作内，这是倡导与民争利，互相劫夺。因此，财富聚集在君王，平民就要流散；财富散落在民间，平民就会归附。因此，政令违背正理公布出去，平民会违背正理来报复；财富违背正理收入进来，也会违背正理散失掉。

【原文】

《康诰》曰："惟命不于常！"道善则得之，不善则失之矣①。

【注释】

①道，言也。因上文引《文王》诗之意而申言之。其叮咛反复之意益深切矣。

【译文】

《康诰》上说："天命是不会始终如一的。"这是说，行为善会得到天命，行为不善就会失去天命。

【原文】

《楚书》①曰："楚国无以为宝，惟善以为宝。②"

【注释】

①楚书，《楚语》。
②言不宝金玉而宝善人也。

【译文】

《楚书》上说："楚国没有什么是宝，只是把'善'当作宝。"

【原文】

舅犯[1]曰："亡人[2]无以为宝。仁[3]亲以为宝。[4]"

【注释】

[1]舅犯，晋文公舅狐偃，字子犯。

[2]亡人，文公时为公子，出亡在外也。

[3]仁，爱也。

[4]事见《檀弓》。此两节又明不外本而内末之意。

【译文】

舅犯说："流亡在外的人没有什么是宝，只是把热爱亲族当作宝。"

【原文】

《秦誓》[1]曰："若有一个[2]臣，断断[3]兮无他技，其心休休焉，其如有容焉。人之有技，若己有之，人之彦圣[4]，其心好之，不啻若自其口出，实能容之，以能保我子孙黎民，尚[5]亦有利哉。人之有技，媢疾[6]以恶之，人之彦圣，而违[7]之俾不通，实不能容，以不能保我子孙黎民，亦曰殆[8]哉！"唯仁人放流之，迸[9]诸四夷，不与同中国。此谓"唯仁人为能爱人，能恶人[10]。"见贤而不能举，举而不能先，命[11]也；见不善而不能退，退而不能远[12]，过也[13]。好人之所恶，恶人之所好，是谓拂人之性⑭，菑⑮必逮夫⑯身⑰。是故君子有大道，必忠信以得之，骄泰以失之⑱。

【注释】

①秦誓，周书。

②个，古贺反，《书》作介。

③断，丁乱反。断断，诚一之貌。

④彦，美士也。圣，通明也。

⑤尚，庶几也。

⑥媢，音昌。忌也。

⑦违，拂戾也。

⑧殆，危也。

⑨迸，读为屏，古字通用。犹逐也。

⑩言有此媢疾之人，妨贤而病国，则仁人必深恶而痛绝之。以其至公无私，故能得好恶之正如此也。

⑪命，郑氏云"当作慢"，程子云"当作怠"，未详孰是。

⑫远，上声。

⑬若此者，知所爱恶矣，而未能尽爱恶之道，盖君子而未仁者也。

⑭拂，逆也。好善而恶恶，人之性也，至于拂人之性，则不仁之甚者也。

⑮菑，古灾字。

⑯夫，音扶。

⑰自《秦誓》至此，又皆以申言好恶公私之极，以明上

文所引《南山有台》、《节南山》之意。

⑱君子，以位言之。道，谓居其位而修己治人之术。发己自尽为忠，循物无违谓信。骄者矜高，泰者侈肆，此因上所引《文王》、《康诰》之意而言。章内三言得失，而语益加切，盖至此而天理存亡之几决矣。

【译文】

《秦誓》上说："但愿能有这样一个大臣：他忠诚老实，没有别的技能；但是心地很好，能够容让别人。别人有技能，如同自己有技能。别人德才兼美，他诚心欢喜。不只是在口头表示，实际上也能容让。这样，一定能够保护我的子孙百姓，对我是多么有利啊！如果别人有技能，就忌妒、厌恶；别人德才兼美，就设法压制，使他不被重用，这实在是不能容人。这样就不能保护我的子孙百姓，也实在是太危险了。"唯独有仁德的人会把这种人流放到远处，驱逐到四夷居住的地区，不许他与贤人同住在中国。这就是说，唯独有仁德的人，能够爱人也能够厌恶人。发现贤臣却不去任用，任用却不及早任用，这是轻慢。发现不善的臣却不去将他罢退，罢退却不将他驱逐到远方，这是放纵。喜好众人厌恶的，厌恶众人喜好的，这是违背人的本性，灾祸一定会落到自己身上。因此君子据有的大道，一定是用忠诚信义去得到，也一定会因放纵奢侈而失去。

子　夏

【原文】

生财有大道：生之者众，食之者寡，为之者疾，用之者舒，则财恒①足矣②。仁者以财发身，不仁者以身发财③。未有上好仁而下不好义者也④，未有好义其事不终者也。未有府库财非其财者也。孟献子⑤曰："畜马乘不察于鸡豚，伐冰之家不畜牛羊，百乘之家不畜聚敛之臣。与其有聚敛之臣，宁有盗臣。⑥"此谓⑦国不以利为利，以义为利也。长⑧国家而务财用者，必自小人⑨矣。彼为善之⑩，小人之使为国家，菑害并至。虽有善者，亦无如之何矣。此谓国不以利为利，以义为利也。⑪

【注释】

①恒，胡登反。

②吕氏曰："国无游民，则生者众矣；朝无幸位，则食者寡矣。不夺农时，则为之疾矣；量入为出，则用之舒矣"愚按：此因有土有财而言，以明足国之道在乎务本而节用，非必外本内末而后财可聚也。自此以至终篇，皆一意也。

③发，犹起也。仁者散财以得民，不仁者亡身以殖货。

④上好仁以爱其下，则下好义以忠其上，所以事必有终，而府库之财无悖出之患也。

⑤孟献子，鲁之贤大夫仲孙蔑也。

⑥畜，许玉反。乘、敛，并去声。畜马乘，士初试为大夫者也。伐冰之家，卿大夫以上，丧祭用冰者也。百乘之家，有采地者也。君子宁亡己之财，而不忍伤民之力，故宁

有盗臣，而不畜聚敛之臣。

⑦"此谓"以下，释献子之言也。

⑧长，上声。

⑨自，由也，言由小人导之也。

⑩"彼为善之"，此句上下疑有阙文误字。

⑪此一节深明以利为利之害，而重言以结之，其叮咛之意切矣。

凡传十章。前四章统论纲领指趣，后六章细论条目工夫。其第五章乃明善之要，第六章乃诚身之本，在初学尤为当务之急，读者不可以其近而忽之也。

【译文】

生财有条重要的原则：生财的人要多，耗财的人要少。谋财的人要勤奋，用财的人要节俭。这样财富便会经常充裕了。仁爱的人用财富去完善品性，不仁的人用生命去积聚财富。在上位的人好仁，在下位的人却不去好义，这是不可能有的。在下位的人好义，办事却不会有始有终，这是不可能有的。府库里有财富，财富最后不属于君王所有，这是不可能有的。孟献子说："畜养四匹马拉车的人，就不应该注重养鸡养猪的财利。丧祭用冰的卿大夫，就不应该饲养牛羊。官做到有百辆车乘的地位，就不应该收养聚敛民财的家臣。与其有聚敛民财的家臣，不如有偷盗府库钱财的家臣。这是说一个邦国不应以财富为利益，应该以仁义为利益。统治邦国的君王专心务财，这一定是出自小人的主意。君王以为小人是好人，其实，小人如果治理邦国，一定会引起天灾人祸。纵使以后改用贤臣，也无法挽救了。这就是邦国不以财富为利益而以仁义为利益的道理。

中

庸

中　庸

【原文】

天命之谓性，率性之谓道，修道之谓教①。道也者，不可须臾离②也。可离非道也③。是故君子戒慎乎其所不睹，恐惧乎其所不闻④。莫见乎隐，莫显乎微。故君子慎其独也⑤。喜怒哀乐之未发，谓之中；发而皆中节，谓之和。中也者，天下之大本也；和也者，天下之达道也⑥。致中和，天地位焉，万物育焉。⑦

【注释】

①命，犹令也。性，即理也。天以阴阳五行化生万物，气以成形，而理亦赋焉，犹命令也。于是人物之生，因各得其所赋之理，以为健顺五常之德，所谓性也。率，循也。道，犹路也。人物各循其性之自然，则其日用事物之间，莫不各有当行之路，是则所谓道也。修，品节之也。

②离，阳平。

③道者，日用事物当行之理，皆性之德而具于心，无物不有，无时不然，所以不可须臾离也。若其可离，则为外物而非道矣。

④是以君子之心常存敬畏，虽不见闻，亦不敢忽，所以存天理之本然，而不使离于须臾之顷也。

⑤见，音现。隐，暗处也。微，细事也。独者，人所不知而己的独知之地也。

⑥乐，音洛。中节之"中"，去声。喜、怒、哀、乐，情也。其未发，则性也，无所偏倚，故谓之中。发皆中节，情之正也，无所乖戾，故谓之和。大本者，天命之性，天下之理皆由此出，道之体也。达道者，循性之谓，天下古今之所共由，道之用也。此言性情之德，以明道不可离之意。

⑦致，推而极之也。位者，安其所也。育者，遂其生也。

【译文】

上天所赋予人的旨意叫性，遵循性的行动叫道，依照道的原则进行修养叫教。道是人们片刻不可离开的，可以离开的就不是道了。正因为如此，君子在旁人看不到的时候，总是十分小心谨慎，在旁人听不见的时候，总是十分警惕清醒。没有比隐蔽的东西更易于表现出来的，没有比细微的东西更易于显露出来的。所以，当君子独处时，其言行更加谨慎。

喜怒哀乐等感情没有表现出来叫做中；表现出来并且都

陳亢字子禽陳人贈
潁伯

子　禽

符合于节度叫做和。中啊，是天下最大的根本所在；和啊，是天下最普遍通行的准则。达到了中和，天地就可各安其位，万物便能生长发育了。

【原文】

仲尼曰："君子中庸，小人反中庸[1]。君子之中庸也，君子而时中；小人之反中庸也[2]，小人而无忌惮也。"

【注释】

[1]中庸者，不偏不倚，无过不及，而平常之理，乃天命所当然，精微之极致也。唯君子为能体之，小人反是。

[2]王肃本作"小人之反中庸也"，程子亦以为然，今从之。

【译文】

孔子说："君子的言行做到符合中庸的道德标准，小人的言行违背了中庸的道德标准。君子之所以能够达到中庸的标准，是因为君子的言行时时处处符合中庸之道，小人之所以违背中庸的标准，是因为小人所作所为肆无忌惮。"

【原文】

子曰："中庸，其至矣乎！民鲜[1]能[2]久矣。"

【注释】

①鲜，上声，下同。

②《论语》无"能"字。

【译文】

孔子说："中庸可以说是最高的道德标准了，可人们却很少有人能长久地实行它了。"

【原文】

子曰："道①之不行也，我知之矣：知者②过之，愚者不及也。道之不明也，我知之矣：贤者过之，不肖者不及也。人莫不饮食也，鲜能知味也。"

【注释】

①道者，天理之当然，中而已矣。

②知者之"知"，去声。

【译文】

孔子说："中庸之道不能实行的原因，我知道了。聪明的人超过了中庸的规范，愚昧的人达不到中庸的规范。中庸之道不能盛行的原因，我知道了。贤明的人超过中庸的规范，卑贱的人达不到中庸的规范。人是没有不喝水、不吃饭

的，但很少有人会品尝其中的滋味。”

【原文】

子曰：“道其不行矣夫！”①

【注释】

①由不明，故不行。夫，音扶。

【译文】

孔子说：“唉！中庸之道大概是不能实行了！”

【原文】

子曰：“舜其大知①也与！②舜好③问而好察迩言，隐恶而扬善。执其两端，用其中于民，其斯以为舜乎！”

【注释】

①知，去声。
②与，阴平。
③好，去声。

【译文】

孔子说：“舜难道不是最聪明的人吗？舜喜爱发问，又善于审察日常浅近的话。他隐藏了别人说的坏话，宣扬别人说的好话。掌握好、坏两个方面的极端，应用折中、恰当的道理去治理平民，因此才被称为'舜'啊！"

【原文】

子曰："人皆曰'予知'①，驱而纳诸罟擭陷阱②之中，而莫之知辟③也；人皆曰'予知'，择乎中庸④，而不能期月⑤守也。"

【注释】

①"予知"之"知"，去声。

②罟，音古网也，擭，胡化反。机槛也。阱，今性反；陷阱，坑坎也：皆所以掩取禽兽者也。

③辟，与"避"同。

④择乎中庸，辨别众理，以求所谓中庸，即上章"好问"、"用中"之事也。

⑤期，居之反。期月，匝一月也。

【译文】

孔子说："人们都说：'我是明智的。'但是在利欲的驱使下，他们却都像禽兽那样落入捕网、木笼和陷阱中，连躲避都不知道了。人们都说：'我是明智的。'但是选择了中庸之道，连一个月也不能坚持下去。"

【原文】

子曰：“回①之为人也，择乎中庸。得一善，则拳拳服膺，而弗失之矣。②”

【注释】

①回，孔子弟子颜渊名。

②拳拳，奉持之貌。服，犹著也。膺，胸也。奉持而著之心胸之间，言能守也。

【译文】

孔子说：“颜回为人，选择了中庸之道。他得到了这一善道之后，就牢牢地记在心中，一刻也不忘掉。”

【原文】

子曰：“天下国家可均①也，爵禄可辞也，白刃可蹈也，中庸不可能也。”

【注释】

①均，平治也。

【译文】

孔子说：“天下国家可以治理好，官爵俸禄可以推辞

掉，锋利的刀刃可以踩在脚下，但是中庸之道却是不容易做
到的。"

【原文】

子路问强①。子曰："南方之强与？北方之强与②？抑③
而④强与？宽柔以教⑤，不报无道⑥，南方之强也，君子居
之⑦。衽金革⑧，死而不厌，北方之强也，而强者居之⑨。故
君子和而不流，强哉矫⑩！中立而不倚⑪，强哉矫！国有道，
不变塞⑫焉，强哉矫！国无道，至死不变，强哉矫！"

【注释】

①子路，孔子弟子仲由也。子路好勇，故问强。

②与，阴平。

③抑，语辞。

④而，汝也。

⑤宽柔以教，谓含容宽顺，以诲人之不及也。

⑥不报无道，谓横逆之来，直受之而不报也。

⑦南方风气柔弱，故以含忍之力胜人为强，君子之
道也。

⑧衽，席也。金，戈兵之属。革，甲胄之属。

⑨北方风气刚劲，故以果敢之力胜人为强，强者之
事也。

⑩矫，强貌。《诗》曰"矫矫虎臣"，是也。

48

⑪倚，偏著也。

⑫塞，未达也。

【译文】

　　子路问孔子："怎样才算得是强呢？"孔子回答说："你问的是南方的强呢，还是北方的强呢？或者还是你认为的强呢？用宽容温和的方法去教化别人，对于蛮横无理的人也不加以报复，这是南方人的'强'，君子就属于这一类；经常枕着刀枪、穿着盔甲席地睡觉，上战场毫不惧怕，拼杀而死也不后悔，这是北方人的'强'，性格强悍勇武有力的人属于这一类。所以，君子善于在人际间协调，又决不随波逐流，那才算得是'刚强'！君子信守中庸，独立而不偏不倚，那才算得是'刚强'！国家政治清明，遇艰难不变志向，那才算得是'刚强'！国家混乱，社会动荡，君子到死不改变品德和信念，那才算得是'刚强'！"

【原文】

　　子曰："素①隐行怪，后世有述焉，吾弗为之矣②。君子遵道而行；半途而废，吾弗能已矣③。君子依乎中庸，循世不见知而不悔，唯圣者能之。④"

【注释】

　　①素，按《汉书》当作"索"盖字之误也。

②索隐行怪，言深求隐僻之理而过为诡异之行也。然以其足以欺世而盗名，故后世或有称述之者。此知之过而不择乎善，行之过而不用其中，不当强而强者也。圣人岂为之哉！

③遵道而行，则能择乎善矣。半途而废，则力之不足也。此其知虽足以及之而行有不逮，当强而不强者也。已，止也。圣人于此非勉焉而不敢废，盖至诚无息，自有所不能止也。

④不为索隐行怪，则依乎中庸而已。不能半涂而废，是以遁世不见知而不悔也。此中庸之成德，知之尽，仁之至，不赖勇而裕如者，正吾夫子之事，而犹不自居也。故曰"唯圣者能之"而已。

【译文】

孔子说："有些人探求隐僻的道理，做怪异的事，也许后世对这些人有所记述称赞，但我不会这样做。君子应该遵循中庸的大道来行事，虽然有些人半途而废不能坚持到底，但我是永远不会停息的。君子按照中庸的大道来行事，即使终生不被了解也不会悔恨。只有圣人能够做到。"

【原文】

君子之道费①而隐②。夫妇之愚，可以与③知焉，及其至也，虽圣人亦有所不知焉；夫妇之不肖，可以能行焉，及其

子　贡

至也，虽圣人亦有所不能焉。天地之大也，人犹有所憾。故君子语大，天下莫能载焉；语小，天下莫能破焉④。《诗》⑤云："鸢飞戾天，鱼跃于渊。"言其上下察也⑥。君子之道，造端乎夫妇。及其至也，察乎天地。⑦

【注释】

①费，符未反。用之广也。

②隐，体之微也。

③与，上声。

④君子之道，近自夫妇居室之间，远而至于圣人天地之所不能尽，其大无外，其小无内，可谓费矣。然其理之所以然，则隐而莫之见也。盖可知可能者，道中之一事，及其至而圣人不知不能。则举全体而言，圣人固有所不能尽也。

⑤诗，《大雅·旱麓》之篇。

⑥鸢，余专反。鸱类。戾，到也。察，著也。子思引此诗以明化育流行，上下昭著，莫非此理之用，所谓费也。然其所以然者，则非见闻所及，所谓隐也。故程子曰："此一节，子思吃紧为人处，活泼泼地，读者其致思焉。"

⑦结上文。

【译文】

君子的道广大而细微。普通男女虽然愚昧，也可以知道君子的道；至于道的最高处，即便是圣人也有了解不到的。普通男女虽然不贤明，也可以实行君子的道；至于道的最高处，即便是圣人也有实施不到的。天地是够广大的了，人还有不满足之处。所以君子说到"大"，天下不能载得起；说到"小"，天下也不能分析开。《诗经》上说："鸢鸟飞向高空，鱼儿跳跃深水。"这是比喻君子的道在上下天地之间都是明显的。君子的道，开始于普通男女，推及到顶点而发扬光大在上下天地之间。

【原文】

子曰："道不远人，人之为道而远人，不可以为道①。《诗》②云：'伐柯伐柯，其则不远。'执柯以伐柯，睨而视之，犹以为远③。故君子以人治人，改而止④。忠恕⑤违道不远⑥。施诸己而不愿，亦勿施于人⑦。君子之道四，丘未能一焉：所求乎子，以事父未能也⑧；所求乎臣，以事君未能也；所求乎弟，以事兄未能也；所求乎朋友，先施之未能也。庸德之行，庸言之谨，有所不足，不敢不勉，有余不敢尽；言顾行，行顾言，君子胡不慥慥尔！⑨"

【注释】

①道者，率性而已，固众人之所能知能行者也，故常不远于人。若为道者厌其卑近以为不足为，而反务为高远难行之事，则非所以为道矣。

②诗，《豳风·伐柯》之篇。

③柯，斧柄。则，法也。睨，研计反。邪视也。言人执柯伐木以为柯者，彼柯长短之法，在此柯耳。然犹有彼此之别，

故伐者视之，犹以为远也。

④若以人治人，则所以为人之道，各在当人之身，初无彼此之别。故君子之治人也，即以其人之道，还治其人之身，其人能改，即止不治。盖责之以其所能知能行，非欲其远人以为道也。

⑤尽己之心为忠，推己及人为恕。

⑥违，去也，如《春秋传》"齐师违谷七里"之"违"。言自此至彼，相去不远，非背而去之之谓也。道，即其不远人者是也。

⑦施诸己而不愿，亦勿施于人，忠恕之事也。以己之心，度人之心，未尝不同，则道之不远于人者可见。故己之所不欲，则勿以施之于人，亦不远人以为道之事。

⑧子、臣、弟、友，四字绝句。求，犹责也。道不远人，凡己之所以责人者，皆道之所当然也，故反之以自责而自修焉。

⑨庸，平常也。行者，践其实。谨者，择其可。德不足而勉，则行益力；言有余而认，则谨益至。谨之至，则言顾行矣；行之力，则行顾言矣。慥慥，笃实貌。言君子之言行如此，岂不慥慥乎，赞美之也。凡此皆不远人以为道之事。

【译文】

孔子说："中庸之道并不排斥人。如果有人实行道却排斥了人，那就不可能是道了。

"《诗经》上说：'伐木作斧柄，伐木作斧柄，作柄的方法并不远。'拿着柄斧去砍伐作斧柄的木材，眯缝着眼儿注视着，还是相差很远。君子用人道治理人事，直到人们改正前非就中止。

"做到'忠'、'恕'，距离中庸之道就不远了。不愿意别人施加给我的行为，也一定不用来加给别人。

"君子的道有四项。我孔丘连其中的一项也不能做到。我不能用要求儿子应作的事去侍奉父亲，我不能用要求臣下应做的事去侍奉君主，我不能用要求弟弟应做的事去侍奉兄长，我不能用要求朋友应做的事去首先与朋友交往。有德的事虽然平凡也要实行，言谈虽然一般也要谨慎。在这些方面，我都做得不够圆满，所以不敢不努力去弥补，即使做得圆满，也不敢将言谈的全意说尽。言谈时应看到行为如何，办事时应想到言谈如何。这样，君子怎么能不是忠厚老实的呢？"

【原文】

君子素①其位而行，不愿乎其外②。素富贵，行乎富贵；素贫贱，行乎贫贱；素夷狄，行乎夷狄；素患难③，行乎患难，君子无入而不自得焉④。在上位，不陵下；在下位，不援⑤上。正己而不求于人，则无怨。上不怨天，下不尤人⑥。故君子居易⑦以俟命⑧，小人行险以徼幸⑨。子曰："射有似乎君子：失诸正鹄⑩，反求诸其身。"

【注释】

①素，犹见在也。

樊　迟

②言君子但因见在所居之位，而为其所当为，无慕乎其外之心也。

③难，去声。

④此言素其位而行也。

⑤援，阳平。

⑥此言不愿乎其外也。

⑦易，去声。平地也。居易，素位而行也。

⑧俟命，不愿乎外也。

⑨徼，求也。幸，谓所不当得而得者。

⑩正，音征。鹄，工毒反。画布曰正，栖皮曰鹄，皆侯之中，射之的也。

【译文】

君子处在他自己的位置上做他应该做的事，不羡慕本位之外的事物。处于富贵就做富贵者应该做的事，处于贫贱就做贫贱者应该做的事，身在夷狄就做夷人狄人应该做的事，身在患难中就做患难者应该做的事：这样的话，君子没有什么地方不能泰然处之。处在上位的人不欺压处在下位的人，处在下位的人也不巴结奉承处在上位的人，只是端正自身不苟求于他人，这样就不会有怨恨之心：上不抱怨天，下不责怪人。所以君子安分守己等待时机，小人则冒险企图获得侥幸。孔子说："射箭的道理和君子行道有相似之处：箭没有射中靶心，应该反过来检查自己。"

【原文】

君子之道，辟①如行远，必自迩；辟如登高，必自卑。《诗》②曰："妻子好③合，如鼓瑟琴④。兄弟既翕⑤，和乐⑥且耽⑦。宜尔室家，乐尔妻帑⑧。"子曰："父母其顺矣乎？"

【注释】

①辟、譬同。

②诗，《小雅·常棣》之篇。

③好，上声。

④鼓瑟琴，和也。

⑤翕，亦合也。

⑥乐，音洛。

⑦耽，《诗》作湛，亦音耽。

⑧帑，子孙也。

【译文】

君子要遵循的道，就像走远路，一定要从近处出发；就像登高山，一定要从低处开始。《诗》说："你和妻儿相亲相爱，就像弹奏琴瑟一样。你和兄弟相处和睦，和气安乐感情深厚。你建立美好的家庭，使家人快乐无忧。"孔子说："能够这样，父母大概就称心如意了。"

【原文】

　　子曰："鬼神①之为德②，其盛矣乎！视之而弗见，听之而弗闻，体物而不可遗③。使天下之人齐明④盛服，以承祭祀，洋洋⑤乎如在其上，如在其左右⑥。《诗》⑦曰：'神之格⑧思⑨，不可度⑩思，矧⑪可射⑫思！'夫⑬微之显，诚之不可揜如此夫。⑭"

【注释】

　　①程子曰："鬼神，天地之功用，而造化之迹也。"

　　②为德，犹言性情功效。

　　③鬼神无形与声，然物之终始，莫非阴阳合散之所为，是其为物之体，而物所不能遗也。其言体物，犹《易》所谓"干事"。

　　④齐，侧皆反。齐之为言齐也，所以齐不齐而致其齐也。明，犹洁也。

　　⑤洋洋，流动充满之意。

　　⑥能使人畏敬奉承，而发见昭著如此，乃其体物而不可遗之验也。孔子曰："其气发扬于上为昭明，焄蒿凄怆，此百物之精也，神之著也。"正谓此尔。

　　⑦诗，《大雅·抑》之篇。

　　⑧格，来也。

　　⑨思，语词。

　　⑩度，音夺。

　　⑪矧，况也。

⑫射，音亦，《诗》作斁。射，厌也，言厌怠而不敬也。

⑬夫，音扶。

⑭诚者，真实无妄之谓。阴阳合散，无非实者。故其发见之不可揜如此。

【译文】

孔子说："鬼神的德行，真是盛大无比啊！看它不见它的形状，听它听不到它的声音，它生养万物而无微不至无处不在。让天下的人都斋戒沐浴，穿上华丽隆重的服装，以敬奉祭祀他们。浩浩荡荡啊，鬼神好像飘浮在人们的上空，又仿佛流动在人们的身旁。《诗》说：'鬼神的来临啊，不可度测啊，何况对他们懈怠不敬啊！'鬼神幽微而又昭显，真实而不可掩盖，确实是这样啊！"

【原文】

子曰："舜其大孝也与①！德为圣人，尊为天子，富有四海之内。宗庙飨之，子孙②保之。故大德必得其位，必得其禄，必得其名，必得其寿③。故天之生物，必因其材④而笃⑤焉。故栽⑥者培⑦之，倾者覆⑧之。"《诗》曰：'嘉乐君子，宪宪令德。宜民宜人，受禄于天。保佑命之，自天申之。⑨'故大德者必受命⑩。"

【注释】

①与，平声。

②子孙，谓虞思陈胡公之属。

③舜年百有十岁。

④材，质也。

⑤笃，厚也。

⑥栽，植也。

⑦气至而滋息为培。

⑧气反而游散则覆。

⑨诗，《大雅·假乐》之篇。假，当依此作嘉。宪，当依《诗》作显。申，重也。

⑩受命者，受天命为天子也。

【译文】

孔子说："舜是多么孝顺啊！他德行高尚，是位圣人；他地位尊贵，是位天子；他资财显赫，拥有天下的财富。宗庙祭祀他，子孙保守着他的基业。所以有了圣人的德行，一定会得到与之相匹配的天子之位，一定会得到天下的财富，一定会得到百姓的称颂，也一定会长命百岁。所以上天孕育万物，一定会按它固有的本质来加厚它。所以，可以栽植的树木，就细心培养它；将要倾倒的树木，就趁势摧败它。《诗经·大雅·假乐》说：'快乐的君子啊，他的德行光明显耀。他能够和顺地对待周围的人，所以能够接受上天所赐予的富禄。上天会保佑他做天子，生生不息，代代相传。'所以上天一定会让道德高尚的人做天子的。"

【原文】

子曰："无忧者，其惟文王乎！以王季为父，以武王为子。父作之，子述之①。武王缵②大王③、王季、文王之绪④，壹戎衣⑤而有天下，身不失天下之显名。尊为天子，富有四海之内。宗庙飨之，子孙保之⑥。武王末⑦受命，周公成文、武之德，追王⑧大王、王季，上祀先公以天子之礼⑨。斯礼也，达乎诸侯大夫，及士庶人。父为大夫，子为士，葬以大夫，祭以士；父为士，子为大夫，葬以士，祭以大夫。期之丧达乎大夫，三年之丧达乎天子，父母之丧，无贵贱，一也。⑩"

【注释】

①此言文王之事。《书》言："王季其勤王家"，盖其所作，亦积功累仁之事也。

②缵，继也。

③大，音泰，下同。此言武王之事。大王，王季之父也。

④绪，业也。

⑤戎衣，甲胄之属。壹戎衣，《武成》文，言一著戎衣以伐纣也。

⑥此言周公之事。

⑦末，犹老也。

⑧追王之法，去声。追王，盖推文、武之意，以及乎王迹之所起也。

⑨先公，组绀以上至后稷也。上祀先公以天子之礼，又推大王、王季之意，以及于无穷也。

⑩此言周公之事。制为礼法，以及天下，使葬用死者之爵，祭用生者之禄。丧服自期以下，诸侯绝，大夫降，而父母之丧上下同之，推己以及人也。

【译文】

孔子说："没有忧愁的人，恐怕只有周文王了！他的父亲王季贤明通达，他的儿子武王圣明光耀，父亲开创了基业，儿子能够继承发扬。武王继承太王、王季、文王的事业，消灭商朝，取得天下。他自己并不因为讨伐商纣而失去光明显耀的忠诚的名声。他贵为天子，拥有天下的财富。宗庙里祭祀他，子孙们继承他的事业。"到了晚年，武王接受天命成为天子，但是还没有完成文王未竟的事业。于是周公继承先辈的事业，发展文王、武王的美德，追封古公为太王、季公为王季，追溯到各位先辈，都用天子的礼节来祭祀他们。这种礼制，上至诸侯大夫，下至士人、庶人，都可以使用。父亲是大夫，儿子为士，那么用大夫的礼节来举行葬礼，用士的礼节进行祭祀；父亲是士，儿子是大夫，那么用士的礼节来举行葬礼，用大夫的礼节进行祭祀；一周年的守丧礼制，一直到大夫都可以使用；三年的守丧礼制，一直到天子都可以使用；给父母守丧，无论贵贱，都是一样的。

言偃字子游吴人赠吴侯

子　游

【原文】

子曰："武王、周公，其达孝矣乎[1]！夫孝者，善继人之志。善述人之事者也[2]。春秋修其祖庙[3]，陈其宗器[4]，设其裳衣[5]，荐其时食[6]。宗庙之礼，所以序昭穆[7]也；序爵[8]，所以辨贵贱也；序事[9]，所以辨贤也；旅酬下为上，所以逮贱也[10]。燕毛，所以序齿也[11]。践[12]其[13]位，行其礼，奏其乐，敬其所尊，爱其所亲[14]，事死如事生，事亡[15]如事存，孝之至也[16]。"郊社之礼，所以事上帝也[17]；宗庙之礼，所以祀乎其先也。明乎郊社之礼、禘尝之义[18]，治国其如示诸掌[19]乎！"

【注释】

①达，通也，承上章而言武王、周公之孝乃天下之人通谓之孝，犹孟子之言达尊也。

②上章言武王缵大王、王季、文王之绪以有天下，而周公成文、武之德以追崇其先祖，此继志述事之大者也。下文又以其所制祭祀之礼，通于上下者言之。

③祖庙，天子七，诸侯五，大夫三，適士二，官师一。

④宗器，先世所藏之重器，若周之赤刀、大训、天球、河图之属也。

⑤裳衣，先祖之遗衣服，祭则设之以授尸也。

⑥时食，四时之食，各有其物，如春行羔、豚、膳、膏、香之类是也。

⑦昭，如字。为，去声。宗庙之次，左为昭，右为穆，

而子孙亦以为序。有事于太庙，则子姓兄弟群昭穆咸在，而不失其伦焉。

⑧爵，公、侯、卿、大夫也。

⑨事，宗祝有司之职事也。

⑩旅，众也。酬，导饮也。旅酬之礼，宾弟子、兄弟之子各举觯于其长而众相酬。盖宗庙之中以有事为荣，故逮及贱者，使亦得以申其敬也。为，去声。

⑪燕毛，祭毕而燕，则以毛发之色别长幼为座次也。齿，年数也。

⑫践，犹履也。

⑬其，指先王也。

⑭所尊所亲，先王之祖考、子孙、臣庶也。

⑮始死谓之死，既葬则曰反而亡焉，皆指先王也。

⑯此结上文两节，皆继志述事之意也。

⑰郊，祭天。社，祭地。不言后土者，省文也。

⑱禘，天子宗庙之大祭，追祭太祖之所自出于太庙，而以太祖配之也。尝，秋祭也。四时皆祭，举其一耳。礼必有义，对举之，互文也。

⑲示，与视同。视诸掌，言易见也。

【译文】

孔子说："武王和周公可以说是通达孝道的人了。孝就是很好地继承先祖的遗志，很好地完成先祖的事业。春、秋时节，整理祖庙，陈列宗器，摆设先祖留下的衣裳，进献应时的食品。

　　"宗庙的祭礼要排列左昭右穆的次序；排列爵位的次序，是要区分贵贱；排列执事人的次序，是要区分各人的贤能；晚辈给长辈举杯劝酒，是为了把恩荣延及年幼的人。按年龄排列宴会的座次，是为了表明年龄长幼。

　　"站在应站的位置上，举行先王传下的祭礼，演奏先王时代的音乐，尊敬先王所尊敬的祖先，亲爱先王所亲爱的臣民。侍奉死者就像侍奉生者，侍奉已亡者如同侍奉现存者，这才是尽孝到极点了。

　　"举行郊社祭祀是为了侍奉上帝；宗庙的祭祀是为了祭祀祖先。明白了'郊社'、'禘尝'祭礼的意义，那么治理国家就像看手掌上的东西那样容易啊！"

【原文】

　　哀公①问政，子曰："文武之政，布在方策②。其人存，则其政举；其人亡，则其政息③。人道敏④政，地道敏树。夫⑤政也者，蒲卢也⑥。故为政在人，取人以身，修身以道，修道以仁⑦。仁者人也，亲亲为大。义者，宜也，尊贤为大。亲亲之杀，贤贤之等，礼所生也⑧。在下位不获乎上，民不可得而治矣⑨！故君子不可以不修身，思修身不可以不事亲；思事亲，不可以不知人；思知人，不可以不知天⑩。"

【注释】

　　①哀公，鲁君，名蒋。

②方，版也。策，简也。

③息，犹灭也。有是君，有是臣，则有是政矣。

④敏，速也。

⑤夫，音扶。

⑥薄卢，沈括以为蒲苇是也。以人立政，犹以地种树，其成速矣，而蒲苇又易生之物，其成尤速也。言人存政举，其易如此。

⑦此承上文人道敏政而言也。为政在人，《家语》作"为政在于得人"，语意尤备。人，谓贤臣。身，指君身。道者，天下之达道。仁者，天地生物之心而人得以生者，所谓元者善之长也。言人君为政在于得人，而取人之则又在修身。能仁其身，则有君有臣，而政无不举矣。

⑧杀，音晒。人，指人身而言。具此生理，自然便有恻怛慈爱之意，深体味之可见。宜者，分别事理，各有所宜也。礼，则节文斯二者而已。

⑨郑氏曰："此句在下，误重在此。"

⑩"为政在人，取人以身"，故不可以不修身。"修身以道，修道以仁，故思修身不可以不事亲。欲尽亲亲之仁，必由尊贤之义，故又当知人。亲亲之杀，贤贤之等，皆天理也，故又当知天。

【译文】

鲁哀公向孔子问政治。孔子回答说："周文王和周武王的政治理论，在典籍中都有陈述。如果今天有像周文王和周武王那样的人存在，那么他们的政治理论便能实行；如果今

颜　回

天没有像周文王和周武王那样的人存在，那么他们的政治理论便不能得到实行。以人施政的道理在于使政治迅速昌明；以肥沃土地种植树木的道理在于使树木迅速生长。以人施政最容易取得成效，就像种植蒲苇那样容易生长。

"所以，国君处理政事的方法就在于获得贤才，而获得贤才的方法，就在于国君努力提高自身的品德修养，要提高自身的品德修养，就在于使自己的言行符合道德规范；要使自己的言行符合道德规范，就在于树立仁爱之心。所谓仁，就是人与人之间相互亲爱，而以爱自己的亲属最为主要。所谓义，就是说人们相处应该适宜得当，而以尊敬贤人最为主要。爱自己的亲属有等级，尊重贤人有级别，这些都是从礼仪中产生出来的。

"处在下位的人不能够得到上面的信任和支持，那么他就不可能管理好人民。所以，君子不能不努力提高自身的品德修养；想提高自身的品德修养，就不能不侍奉好自己的亲人；想侍奉好自己的亲人，就不能不知道尊贤爱人；想知道尊贤爱人，就不能不了解和掌握自然的法则。"

【原文】

天下之达道五，所以行之者三：曰君臣也，父子也，夫妇也，昆弟也，朋友之交也，五者，天下之达道也；知、仁、勇三者，天下之达德也，所以行之者一也[①]。或生而知之，或学而知之，或困而知之，及其知之，一也；或安而行之，或利而行之，或勉强而行之，及其成功，一也②。子曰③：好学近乎知④，力行近乎仁，知耻近乎勇⑤。知斯三者，则知所以修身；知所以修身，则知所以治人；知所以治人，则知所以治天下国家矣。⑥

【注释】

①达道者，天下古今所共由之路，即《书》所谓五典，孟子所谓"父子有亲，君臣有义，夫妇有别，长幼有序，朋友有信"是也。知，所以知此也。仁，所以体此也。勇，所以强此也。

②强，上声。"知之"者之所知，"行之"者之所行，谓达道也。以其分而言，则所以知者，知也；所以行者，仁也；所以至于知之成功而一者，勇也。以其等而言，则生知安行者，知也；学知利行者，仁也；困知勉行者，勇也。盖人性虽无不善，而气禀有不同者，故闻道有蚤莫，行道有难易，然能自强不息，则其至一也。

③"子曰"二字，衍文。

④好，"近乎知"之知，并去声。

⑤此言未及乎达德，而求以入德之事。通上文三知为知，三行为仁，则此三近者，勇之次也。吕氏曰："愚者自是而不求，自私者徇人欲而忘返，懦者甘为人下而不辞。故好学非知，然足以破愚；力行非仁，然足以忘私；知耻非勇，然足以起懦。

⑥斯三者，指三近而言。人者，对己之称。天下国家，则尽乎人矣。言此以结上文修身之意，起下文九经之端也。

【译文】

天下普遍共行的大道有五种，而实行这些大道的美德有三种。就是说：'君臣之道；父子之道；夫妇之道；兄弟之道；交朋友之道。'这五种就是天下共行的大道。'智慧，仁爱，勇敢'这三种，就是天下共行的美德。而实行这些大道和美德的方法只能是诚实专一。

有的人生来就知道这些道理；有的人通过学习才知道这些道理；有的人是在遇到困难后去学习才知道这些道理。虽然人们掌握这些道理有先有后，但是到了真正知道这些道理，他们又都是一样的了。有的人心安理得去实行这些道理；有的人是看到了它的益处才去实行这些道理；有的人则是勉强去实行这些道理。虽然人们实行这些道理有差别，但是当他们获得了成功的时候，却又都是一样了。"

孔子说：爱好学习的人接近智，努力行善的人接近仁，知道羞耻的人接近勇。

知道这三项的人，就知道怎样提高自身的品德修养；知道怎样提高自身的品德修养，就知道怎样治理别人；知道怎样治理别人，就知道怎样去治理天下国家了。

【原文】

凡为天下国家有九经[①]，日修身也，尊贤也，亲亲也，敬大臣也，体群臣也，子庶民也，来百工也，柔远人也，怀诸侯也[2]。修身则道立，尊贤则不惑，亲亲则诸父昆弟不怨，敬大臣则不眩，体群臣则士之报礼重，子庶民则百姓劝，来百工则财用足，柔远人则四方归之，怀诸侯则天下畏之[3]。齐[4]明盛服，非礼不动，所以修身也；去[5]谗远色，贱货而贵德，所以劝贤也；尊其位，重其禄，同其好恶，所以劝亲亲也；官盛任使，所以劝大臣也[6]；忠信重禄，所以劝士也[7]；时使薄敛[8]，所以劝百姓也；日省月试，既禀称事[9]，所以劝百工也；送往迎来[10]，嘉善而矜不能，所以柔远人也；继绝世，举废国，治乱持危，朝聘以时[11]，厚往而薄来[12]，所以怀诸侯也[13]。凡为天下国家有九经，所以行之者，一也[14]。

【注释】

①经，常也。

②体，谓设以身处其地而察其心也。子，如父母之爱其子也。柔远人，所谓无忘宾旅者也。此列九经之目也。吕氏曰："天下国家之本在身，故修身为九经之本。然必亲师取友，然后修身之道进，故尊贤次之，道之所进，莫先其家，故亲亲次之。由家以及朝廷，故敬大臣、体群臣次之。由朝廷以及其国，故子庶民、来百工次之。由其国以及天下，故柔远人、怀诸侯次之。此九经之序也。"视群臣犹吾四体，视百姓犹吾子，此视臣视民之别也。

③此言九经之效也。道立，谓道成于己而可为民表，所谓"皇建其有极"是也。不惑，谓不疑于理。不眩，谓不迷于事。敬大臣则信任专，而小臣不得以间之，故临事而不眩

也。来百工则通功易事，农末相资，故财用足。柔远人则天下之旅皆悦而愿出于其涂，故四方归，怀诸侯则德之所施者博而威之所制者广矣，故曰天下畏之。

④齐，侧皆反。

⑤去，上声。

⑥官盛任使，谓官属众盛，足任使令也，盖大臣不当亲细事，故所以优之者如此。

⑦忠信重禄，谓待之诚而养之厚，盖以身体之，而知其所赖乎上者如此也。

⑧远、好、恶、敛，并去声。

⑨饩禀，稍食也。称，去声。称事，如《周礼·槁人职》曰"考其弓弩，以上下其食"是也。

⑩往则为之授节以送之，来则丰其委积以迎之。

⑪朝，音潮，谓诸侯见于天子。聘，谓诸侯使大夫来献。《王制》："比年一小聘，三年一大聘，五年一朝。"

⑫厚往薄来，谓燕赐厚而纳贡薄。

⑬此言九经之事也。

⑭一者，诚也。一有不诚，则是九者皆为虚文矣。此九经之实也。

【译文】

大凡治理天下国家有九条常规，那就是：努力提高自身的品德修养，尊重贤人，爱护自己的亲人，敬重大臣，体恤众臣，像爱自己的儿子那样去爱人民，招集各种工匠以资国用，优待远方的来客，安抚四方的诸侯。

　　能够提高自己的品德修养，就能树立一个良好的道德典范；能够尊重贤人，就不会被事物的假象所迷惑；能够爱自己的亲人，就不会使叔伯、兄弟产生怨恨；能够尊敬大臣，在处理事情时就不会感到迷惑不定；能够体恤众臣，那些为士的人就会重重报答恩德；能够做到爱民如子，百姓们就会更加勤奋努力；能够招集各种工匠，就可以使国家财物充足；能够优待远方的来客，四方的人都会归顺；能够安抚各国诸侯，全天下的人都会自然敬畏。

　　必须内心虔诚外表端庄，不符合礼节的事绝不要去干，这才是提高自身品德修养的方法；摒弃那些谗佞小人的坏话，远离那些诱人的女色，轻视钱财货物，珍视道德品质，这才是劝勉贤人的最好方法；加升他们的爵位，重赐他们的俸禄，与他们的喜好厌恶相同，这才是劝勉人们去爱自己亲人的好方法；为大臣多设属官，足供使令，这才是奖励大臣的好方法，对待士要讲究‘忠’‘信’，并以厚禄供养他们，这才是劝勉士为国效力的好方法；役使百姓要适时，赋税征收要减轻，这才是劝勉百姓努力从事生产的好方法；天天省视工匠的工作情况，月月考查他们的技术本领，发给他们的粮米薪资要与他们的工效相称，这才是劝勉各种工匠努力工作的好方法；对于远方的客人，要盛情相迎，热情相送，对其中有善行的人要给予嘉奖，对其中能力薄弱的人要给予同情，这才是招徕远方来客的好方法；延续已经绝禄的世家，复兴已被废灭的国家，整顿已经混乱的秩序，扶救处于危难之中的国家，让诸侯各自选择适当的时节来朝聘，贡礼薄收，赏赐厚重，这才是安抚四方诸侯的好方法。大凡治理天下国家有九条常规，但是，实行这些常规的方法只是一条，即诚实专一。

【原文】

凡事豫则立，不豫则废。言前定则不跲，事前定则不困，行前定则不疚，道前定则不穷[1]。在下位不获乎上，民不可得而治矣；获乎上有道，不信乎朋友，不获乎上矣；信乎朋友有道，不顺乎亲，不信乎朋友矣；顺乎亲有道，反诸身不诚，不顺乎亲矣；诚身有道，不明乎善，不诚乎身矣[2]。诚者，天之道也。诚之者，人之道也。诚者不勉而中，不思而得，从容中道，圣人也。诚之者，择善而固执之者也。[3]

【注释】

①凡事，指达道达德九经之属。豫，素定也。跲，踬也。疚，病也。此承上文，言凡事皆欲先立乎诚，如下文所推是也。

②此又以在下位者推言素定之意。反诸身不诚，谓反求诸身，而所存所发，未能真实而无妄也。不明乎善，谓未能察于人心天命之本然而真知至善之所在也。

③此承上文"诚身"而言。诚者，真实无妄之谓，天理之本然也。诚之者，未能真实无妄，而欲其真实无妄

76

子　路

之谓，人事之当然也。中，并去声。从，不勉而中，"安
行"也。不思而得，"生知"也。择善，学知以下之事。固
执，"利行"以下之事也。

【译文】

无论做什么事情，如能预先确立一种诚实态度，就一
定能成功，不能这样，就不能成功。人们在讲话之前能规
定自己必须诚实，讲起话来就会流畅而无窒碍；做事以前
规定自己必须诚实，做事时就不会感到有什么困难；行动
之前规定自己必须诚实，行动之后就不会产生内疚；实行
道德之前规定自己必须诚实，实行时就不会有什么行不通
的地方。

处在下位的人不能得到上面的信任和支持，那就不可能
治理好人民。要想得到上面的信任和支持，有一定的道理，
这就是在交朋友时要讲信用，如果连朋友都不信任自己，那
么就不能得到上面的信任和支持；要使朋友信任自己，有一
定的道理，这就是要孝顺父母，如果不能孝顺父母，那么就
不能得到朋友的信任；要孝顺父母，有一定的道理，这就是
要使自己内心诚实，不能使自己内心诚实，就不能孝顺父
母；要使自己内心诚实，有一定的道理，这就是要显出自己
善的本性来，如果不能使自己善的本性显出来，那么就不能
使自己的内心诚实了。

诚，是上天赋予人们的道理；实行这个"诚"，那是人
为的道理。天生诚实的人，不必勉强，他为人处事自然合
理，不必苦苦思索，他言语行动就能得当，他的举止，不

偏不倚，符合中庸之道。这种人就是我们所说的'圣人'。要实行这个诚，就必须选择至善的道理，并且坚守不渝才行。

【原文】

博学之，审问之，慎思之，明辨之，笃行之[1]。有弗学，学之弗能弗措也；有弗问，问之弗知弗措也；有弗思，思之弗得弗措也；有弗辨，辨之弗明弗措也；有弗行，行之弗笃弗借也。人一能之，己百之；人十能之，己千之。[2]果能此道矣，虽愚必明，虽柔必强。[3]

【注释】

[1]此诚之之目也。学、问、思、辨，所以择善而为知，学而知也。笃行，所以固执而为仁，利而行也。程子曰："五者废其一，非学也。"

[2]君子之学，不为则已，为则必要其成，故常百倍其功，此困而知，勉而行者也，勇之事也。

[3]明者择善之功，强者固执之效。

【译文】

要广泛地学习各种知识，详尽细密地探究事物的原理，对自己所学的东西要谨慎思考，辨清是非，当获得了真理之后，就要坚决地去实践它。有的东西不学习也就罢了，学了，就一定要能掌握它，如果还不能掌握，那就不要停止学习；有的东西不问也就罢了，问就得问一个清楚，如果还没有弄清楚，那就不要罢休；有的问题不思考也就罢了，要思考就要有切身体会，如果不能获得什么体会，那就不要停止思考；有的事情不辨别也就罢了，要辨别就一定要把是非辨清，如果不能辨清，那就不要停止辨别；有的措施不实践也就罢了，要实践就一定要做到彻底，如果不彻底，那就不要停止实践。别人一遍能做好的，我做它一百遍也一定能做好；别人十遍能做好的，我做它一千遍也一定能做好。一个人如果能够按照这个道理去做，那么即使是愚蠢的人，也一定会变得聪明；即使是柔弱的人，也一定会变得刚强。

【原文】

自①诚明谓之性，自明诚谓之教。诚则明矣，明则诚矣。②

【注释】

①自，由也。

②德无不实而明无不照者，圣人之德，所性而有者也，天道也。先明乎善，而后能实其善者，贤人之学，由教而入者也，人道也。诚则无不明矣，明则可以至于诚矣。

子　张

【译文】

由内心真诚达到明晓道理，这叫做天性。由明晓道理达到内心真诚，这叫做教化。内心真诚就会明晓道理，明晓道理就会内心真诚。

【原文】

唯天下至诚，为能尽其性；能尽其性，则能尽人之性；能尽人之性，则能尽物之性；能尽物之性，则可以赞天地之化育；可以赞天地之化育，则可以与天地参矣。[①]

【注释】

①天下至诚，谓圣人之德之实，天下莫能加也。尽其性者，德无不实，故无人欲之私，而天命之在我者，察之由之，巨细精粗，无毫发之不尽也。人物之性，亦我之性，但以所赋形气不同而有异耳，能尽之者，谓知之无不明，而处之无不当也。赞，犹助也，与天地参，谓与天地并立为三也，此自诚而明者之事也。

【译文】

只有天下最真诚的人，才能尽量发挥自己天赋的本性；能尽量发挥自己天赋的本性，才能尽量发挥其他人天赋的本性；能尽量发挥其他人天赋的本性，才能充分发挥万物天赋

的本性；能充分发挥万物天赋的本性，就可以帮助天地化育万物，可以与天地匹配，并立而为三了。

【原文】

其次致曲①。曲能有诚，诚则形，形则著，著则明，明则动，动则变，变则化。唯天下至诚为能化。②

【注释】

①"其次"，通大贤以下凡诚有未至者而言也。致，推致也。曲，一偏也。

②形者，积中而发外，著则又加显矣，明则又有光辉发越之盛也。动者，诚能动物。变者，物从而变。化则有不知其所以然者。盖人之性无不同，而气则有异，故惟圣人能举其性之全体而尽之，其次则必自其善端发见之偏而悉推致之，以各造其极也。曲无不致，则德无不实，而形、著、动、变、之功，自不能已，积而至于能化，则其至诚之妙，亦不异于圣人矣。

【译文】

那些次于圣人的贤人，把真诚推致细小事物上，在细小事物上能做到真诚，真诚就会显现出来，显现出来就会渐渐显著，渐渐显著就会彰明，彰明就会感动万物，感动万物就会变革人心，变革人心就能感化民众。只有天下最真诚的人才能感化民众。

【原文】

至诚之道，可以前知。国家将兴，必有祯祥[1]。国家将亡，必有妖孽[2]。见[3]乎蓍龟[4]，动乎四体[5]。祸福将至，善必先知之，不善必先知之，故至诚如神。[6]

【注释】

[1]祯祥者，福之兆。

[2]妖孽者，祸之萌。

[3]见，音现。

[4]蓍，所以筮。龟，所以卜。

[5]四体，谓动作威仪之间，如执玉高卑、其容俯仰之类。

[6]凡此皆理之先见者也，然唯诚之至极而无一毫私伪留于心目之间者，乃能有以察其几焉。神，谓鬼神。

【译文】

有最真诚的德性，可以预知未来。国家即将兴盛，一定有吉祥的预兆；国家将要灭亡，一定有灾祸邪异。这些可以从占筮占卜的卦辞中发现，也可以从人们的动作威仪中察觉。祸福即将来临，是福必然能预先知道，是祸也必然能预先知道。因此最真诚的人如同神明一般。

【原文】

诚者，自成也；而道，自道也①。诚者，物之终始；不诚无物。是故君子诚之为贵②。诚者非自成己而已也。所以成物也。成己，仁也；成物，知③也。性之德也，合外内之道也，故时措之宜也。④

【注释】

①言诚者，物之所以自成，而道者，人之所当自行也。诚以心言，本也；道以理言，用也。"道也"之道，音导。

②天下之物，皆实理之所为，故必得是理，然后有是物。所得之理既尽，则是物亦尽而无有矣。故人之心一有不实，则虽有所为，亦如无有，而君子必以诚为贵也。盖人之心能无不实，乃为有以自成，而道之在我者，亦无不行矣。

③知，去声。

④诚虽所以成己，然既有以自成，则自然及物，而道亦行于彼矣。仁者，体之存；知者，用之发：是皆吾性之固有，而无内外之殊。既得于己，则见于事者，以时措之，而皆得其宜也。

【译文】

真诚是人的自我完善，而道是人自己引导自己。真诚，贯穿于一切事物的始终，没有真诚就没有万物，因此君子以真诚为贵。真诚，并非只是自我完善而已，还要用来成就万物。自我完善，是仁义的表现；成就万物，是智慧的体现。天赋的真诚品德，是结合了天地内外的道理，因此随时运用而无不适宜。

【原文】

故至诚无息①。不息则久②，久则征③，征则悠远，悠远则博厚，博厚则高明④。博厚所以载物也，高明所以覆物也，悠久所以成物也⑤。博厚配地，高明配天，悠久无疆⑥。如此者，不见而章⑦。不动而变⑧，无为而成⑨。天地之道，可一言而尽也。其为物不贰，则其生物不测⑩。天地之道博也，厚也，高也，明也，悠也，久也⑪。今夫天，斯昭昭之多，及其无穷也，日月星辰系焉，万物覆焉。今夫地，一撮土之多，及其广厚，载华岳而不重，振河海而不泄，万物载焉。今夫山，一卷石之多，及其广大，草木生之，禽兽居之，宝藏兴焉。今夫水，一勺之多，及其不测，鼋鼍、蛟龙、鱼鳖生焉，货财殖焉⑫。《诗》⑬云："维天之命，于⑭穆⑮不已！"盖曰天之所以为天也。"於乎⑯不显⑰，文王之德之纯⑱！"盖曰文王之所以为文也，纯亦不已。⑲

【注释】

①既无虚假，自无间断。

②久，常于中也。

③征，验于外也。

86

④此皆以其验于外者言之。郑氏所谓"至诚之德，著于四方"者是也。存诸中者既久，则验于外者益悠远而无穷矣。悠远，故其积也广博而深厚；博厚，故其发也高大而光明。

⑤悠久，即悠远，兼内外而言之也。本以悠远致高厚，而高厚又悠久也。此言圣人与天同用。

⑥此言圣人与天地同体。

⑦见，音现。见，犹示也。不见而章，以配地而言也。

⑧不动而变，以配天而言也。

⑨无为而成，以无疆而言也。

⑩此以下，复以天地明至诚无息之功用，天地之道可一言而尽，不过曰诚而已。不贰，所以诚也。诚故不息，而生物之多，有莫知其所以然者。

⑪言天地之道诚一不贰，故能各极其盛，而有下文生物之功。

⑫夫，音扶。昭昭，犹耿耿，小明也。此指其一处而言之。"及其无穷"，犹十二章"及其至也"之意，盖举全体而言也。振，收也。卷，阳平，通拳。华、藏，并去声。勺，市若反。此四条，皆以发明由其不贰不息，以致盛大而能生物之意。然天地山川，实非由积累而后大，读者不以辞害意可也。

⑬诗，《周颂·维天之命》篇。引此以明至诚无息之意。

⑭於，音乌。叹辞。

⑮穆，深远也。

⑯乎，音呼。

⑰不显，犹言岂不显也。

⑱纯，纯一不杂也。

⑲程子曰："天道不已，文王纯于天道，亦不已。纯则无二无杂，不已则无间断先后。"

【译文】

至诚是不间断的，不间断就会长久延续，长久延续就有效验，有效验就会悠远无穷，悠远无穷就会广博深厚，广博深厚就高超明智。广博深厚，就能承载万物；高超明智，就能覆盖万物；悠远无穷，就能使万物生长。广博深厚可以与地相配，高超明智可以与天相配，悠远无穷可以像天地那样永无止境。这样，不表现却很明显，没有活动却有变化，无所作为却自然成功。

天地的道，可以用一句话来概括：它自身诚而不贰，化育万物，不可测度。天地的法则是：广博、深厚、高超、精明、悠远、长久。

现在说天，它是一片光明，以至无穷无尽，上面悬系着日月星辰，覆盖着万物。现在说地，它是一撮撮泥土，以至广博深厚，承载着华山而不觉得沉重，汇聚河海而不泄漏，一切万物都被大地承载。现在说山，不过是一块块小石头，以至广阔高大，草木生长在上面，禽兽居住在上面，宝藏从山里开发出来。现在说水，不过是一勺勺水，以至深广莫测，里面生长者鼋、鼍、蛟、龙、鱼、鳖，各种财货也都从水中生出。

《诗经》上说："天道在运行，庄严肃穆，永不停息。"

林 放

这大概是说天之所以成为天的道理。"啊，多么光明显赫，文王德行纯正。"这大概是说文王之所以成为文王，纯正的品德常行不止。

【原文】

大哉圣人之道[1]！包下文两节而言。洋洋乎发育万物，峻极于天[2]。优优大哉！礼仪三百，威仪三千[3]。待其人而后行[4]。故曰：苟不至德[5]，至道[6]不凝焉[7]。故君子尊德性而道问学，致广大而尽精微，极高明而道中庸，温故而知新，敦厚以崇礼[8]。是故居上不骄，为下不倍[9]；国有道，其言足以兴[10]；国无道，其默足以容。《诗》[11]曰："既明且哲，以保其身。"其此之谓与[12]！

【注释】

①包下文两节而言。

②峻，高大也。此言道之极于至大而无外也。

③优优，充足有余之意。礼仪，经礼也。威仪，曲礼也。此言道之入于至小而无间也。

④总结上两节。

⑤至德，谓其人。

⑥至道，指上两节而言也。

⑦凝，聚也，成也。

⑧尊者，恭敬奉持之意。德性者，吾所受于天之正理。

道，由也，温，犹㷉温之"温"，谓故学之矣，复时习之也。敦，加厚也。尊德性，所以存心而极乎道体之大也。道问学，所以致知而尽乎道体之细也。

⑨倍，与背同。

⑩兴，谓兴起在位也。

⑪诗，《大雅·烝民》之篇。

⑫与，阴平。

【译文】

伟大啊，这圣人的道。浩浩荡荡啊！生养万物，与天一样崇高。伟大啊宽广仁和！礼仪有三百条，威仪有三千条。必须等到圣人出世才能实行。因此，如果没有极大的德，极高的道是不能成功的。所以君子尊崇德性，又注重学习、询问。达到广大的境地又详尽到精细处。达到高明的极点，又注重中庸的实行。既温习已经了解的道理，又认识新的道理。崇尚礼节要朴实忠厚。

因此，身居上位时不要骄慢，身居下位时不要背叛。国家实行正道时，力求主张能够被采纳；国家没有正道时，沉默无言力求保全自己。《诗经》上说："既明白道理又洞察是非，这样便能保全自己。"说的不就是这个意思吗？

【原文】

子曰："愚而好①自用，贱而好自专，生乎今之世，反②

古之道。如此者，裁③及其身者也。④”非天子⑤，不议礼⑥，不制度⑦，不考文⑧。今天下车同轨，书同文，行同伦⑨。虽有其位，苟无其德，不敢作礼乐焉⑩。虽有其德，苟无其位。亦不敢作礼乐焉；子曰：“吾说夏礼，杞⑪不足征⑫也；吾学殷礼，有宋⑬存焉；吾学周礼，今用之，吾从周。”⑭

【注释】

①好，去声。

②反，复也。

③裁，古灾字。

④以上孔子之言，子思引之。

⑤此以下子思之言。

⑥礼，亲疏贵贱相接之体。

⑦度，品制。

⑧文，书名。

⑨今，子思自谓当时也。轨，辙迹之度。行，去声。伦，次序之体。三者皆同，言天下一统也。

⑩郑氏曰：“言作礼乐者，必圣人在天子之位。”

⑪杞，夏之后。

⑫征，证也。

⑬宋，殷之后。

⑭此又引孔子之言。三代之礼，孔子皆尝学之而能言其意，但夏礼既不可考证，殷礼虽存，又非当世之法，惟周礼乃时王之制，今日所用。孔子既不得位，则从周而已。

【译文】

孔子说："愚蠢的人却又爱只凭主观意图行事；卑贱的人却又好独断专行；生活在当今时代，却偏要去恢复古代的制度，像这样的人，灾祸一定要降临在他的身上。"

不是天子，不敢议论礼制，不敢制定法度，不敢考核文字，现今天下统一，车辙的距离相同，书写的文字相同，实行的伦理道德也相同。虽然有天子的地位，但如果没有天子的德性，是不敢轻易制礼作乐的；虽然有天子的德性，但如果没有天子的地位，也不敢轻易去制礼作乐。

孔子说："我解说夏代的礼法，但由于它的后代已经衰亡，现在只有一个杞国存在，所以不足以验证。我学习殷代的礼法，现只还有它的后代宋国保持着。我学习周代的礼法，现今正实行着它，因此，我遵从周朝的礼法。"

【原文】

王①天下有三重焉，其寡过矣乎②！上焉者，虽善无征③，无征不信，不信民弗从；下焉者，虽善不尊④，不尊不信，不信民弗从。故君子之道⑤：本诸身⑥，征诸庶民⑦，考诸三王而不缪，建⑧诸天地⑨而不悖，质诸鬼神⑩而无疑，百世以俟圣人而不惑⑪。质诸鬼神而无疑，知天也；百世以俟圣人而不惑，知人也⑫。是故君子动⑬而世为天下道⑭，行而世为天下法⑮，言而世为天下则⑯。远之则有望，近之则不厌。《诗》[17]曰："在彼无恶[18]，在此无射[19]。庶几夙夜，以永终誉。"君子未有不如此[20]而蚤有誉于天下者也。

【注释】

①王，去声。

②吕氏曰："三重，谓议礼、制度、考文。惟天子得以行之，则国不异政，家不殊俗，而人得寡过矣。"

③上焉者，谓时王以前，如夏、商之礼虽善，而皆不可考。

④下焉者，谓圣人在下，如孔子虽善于礼而不在尊位也。

⑤此君子，指王天下者而言。其道，即议礼、制度、考文之事也。

⑥本诸身，有其德也。

⑦征诸庶民，验其所信从也。

⑧建，立也，立于此而参于彼也。

⑨天地者，道也。

⑩鬼神者，造化之迹也。

⑪百世以俟圣人而不惑，所谓"圣人复起，不易吾言"者也。

⑫知天知人，知其理也。

⑬动，兼言、行而言。

⑭道，兼法则而言。

⑮法，法度也。

⑯则，准则也。

⑰《诗》，《周颂·振鹭》之篇。

⑱恶，去声。

⑲射，音妒，诗作斁。厌也。

⑳所谓"此"者，指"本诸身"以下六事而言。

【译文】

统治天下有三项极为重大的事情要做，这就是"议礼、制度、考文"。如果都能做到，犯错的人就少了。在上位的人，虽然有德行，但是如果这德行得不到验证就不能使百姓相信，百姓不相信就不会顺从。在下位的人，虽然有德行，但是如果没有天子的地位就不能使自己尊贵，自己的地位不尊贵就不能使百姓相信，百姓不相信就不会顺从。所以，统治天下的君子要想做好"议礼、制度、考文"三项大事，必须在根本上从自身的修养品德做起，从百姓那里得到验证，考察夏禹、商汤、周文王三位圣人以求不犯过错，建立在天地自然的道理中以求没有悖离，询问鬼神而没有疑惑，等到许多代以后的圣人出现仍然没有疑惑。如果能够这样，那么君子就能做好三项大事了。询问鬼神而没有疑惑，这是知晓天理；等到许多代以后的圣人出现仍然没有疑惑，这是知晓人理。因此，君子的语言行为能够成为世世代代天下共行的道理，君子的行动能够成为世世代代天下共行的法规，君子的言谈能够成为世世代代天下共行的准则。远离他的人仰慕他的言行，靠近他的人学习他的言行，丝毫没有厌倦。《诗经·周颂·振鹭》说："在自己的国里，没有人厌恶他；在周的封地，没有人厌恶他。早起晚睡勤于政事，就能长久地保持美好的声誉。"没有能够不这样做却能早早称誉于天下的君子。

【原文】

仲尼祖述尧、舜，宪章文、武；上律天时，下袭水土①。辟②如天地之无不持载，无不覆帱③，辟如四时之错④行，如日月之代明⑤。万物并育而不相害，道并行而不相悖⑥；小德川流，大德敦化，此天地之所以为大也。⑦

【注释】

①祖述者，远宗其道。宪章者，近守其法。律天时者，法其自然之运。袭水土者，因其一定之理。皆兼内外、该本末而言也。

②辟，音譬。

③帱，徒报反。

④错，犹迭也。

⑤此言圣人之德。

⑥悖，犹背也。

⑦天覆地载，万物并育于其间而不相害；四时日月，错行代明而不相悖。所以不害不悖者，小德之川流；所以并育并行者，大德之敦化。小德者，全体之分；大德者，万殊之本。川流者，如川之流，脉络分明而往不息也；敦化者，敦厚其化，根本盛大而出无穷也。此言天地之道，以见上文取

辟之意也。

【译文】

孔子宗奉尧、舜的道德，效法文王、武王的礼制；上顺天时，下合地理。他的德就像天地那样，没有什么不能装载，没有什么不能覆盖。就好像是四季交替运行，就如同日月更迭照耀。万事万物共同养育于天地之间而不相互侵害，各行其道而互相不冲突。小德如河水川流不息，大德深厚化育万物。这就是天地之所以伟大的原因。

【原文】

唯天下至圣为能聪明睿知①，足以有临②也；宽裕温柔，足以有容也；发强刚毅，足以有执也；齐③庄中正，足以有敬也；文理密察④，足以有别⑤也。溥博渊泉，而时出之⑥。溥博如天，渊泉如渊。见而民莫不敬，言而民莫不信，行而民莫不说⑦。是以声名洋溢乎中国，施⑧及蛮貊。舟车所至⑨，人力所通；天之所覆，地之所载；日月所照，霜露所队⑩：凡有血气者，莫不尊亲，故曰配天⑪。

【注释】

①知，去声。聪明睿知，生知之质。

②临，谓居上而临下也。其下四者，乃仁义礼知之德。

③齐，侧皆反。

冉求 字子有 鲁人 赠

徐侯

冉有

④文，文章也。理，条理也。密，详细也。察，明辨也。

⑤别，彼列反。

⑥溥博，周遍而广阔也。渊泉，静深而有本也。出，发见也。言五者之德充积于中，而以时发见于外也。

⑦见，音现。说，音悦。言其充积极其盛，而发见当其可也。

⑧施，音义去声。

⑨"舟车所至"以下，盖极言之。

⑩队，音坠。

⑪配天，言其德之所及，广大如天也。

【译文】

只有天下最伟大的圣人，能够明智通达，足以统治天下；宽厚温柔，足以包容万物；坚强刚毅，足以决断一切；端庄公正，足以使人敬畏；思想周密，足以辨别是非。圣人的道德博大精深，时时都会表现出来。它像天那样广阔，像渊那样深远。他的表现，老百姓没有不敬佩的；他的言论，老百姓没有不信服的；他的行为，老百姓没有不喜欢的。因此，他名扬华夏大地，并蔓延到边远地区。凡车船所能到达的，人所能通行的，天所覆盖的，地所承载的，日月所照耀的，霜露所降落的地方，凡是有血气的人，没有不尊重他亲近他的。所以说他可以与天相媲美。

【原文】

唯天下至诚，为能经纶①天下之大经②，立天下之大本③，知天地之化育。夫焉④有所倚⑤？肫肫其仁，渊渊其渊，浩浩其天⑥。苟不固⑦聪明圣知⑧达天德者，其孰能知之？⑨

【注释】

①经、纶，皆治丝之事。经者，理其绪而分之；纶者，比其类而合之也。

②经，常也。大经者，五品之人伦。

③大本者，所性之全体也。

④夫，音扶。焉，於虔反。

⑤惟圣人之德，极诚无妄，故于人伦各尽其当然之实，而皆可以为天下后世法，所谓经纶之也。其于所性之全体，无一毫人欲之伪以杂之，而天下之道，千变万化，皆由此出，所谓立之也。其于天地之化育，则亦其极诚无妄者，有默契焉，非但闻见之知而已。此皆至诚无妄，自然之功用，夫岂有所倚著于物而后能哉！

⑥肫，之纯反。肫肫，恳至貌，以经纶而言也。渊渊，静深貌，以立本而言也。浩浩，广大貌，以知化而言也。其渊、其天，则非特如之而已。

⑦固，犹实也。

⑧圣知之"知"，去声。

⑨郑氏曰："唯圣人能知圣人也。"

【译文】

只有天下地道的真诚，才能成为治理天下的崇高典范，才能树立天下的根本法则，掌握天地化育万物的深刻道理，这需要什么依靠呢！他的仁心那样诚挚，他的思虑像潭水那样幽深，他的美德像苍天那样广阔。如果不真是聪明智慧，通达天赋美德的人，还有谁能知道天下地地道道的真诚呢？

【原文】

《诗》曰："衣锦尚絅[1]。"恶[2]其文之著也。故君子之道，闇[3]然而日章；小人之道，的然而日亡。君子之道淡而不厌，简而文，温而理，知远之近，知风之自，知微之显，可与人德矣[4]。《诗》[5]云："潜虽伏矣，亦孔之昭。"故君子内省不疚[6]，无恶于志[7]。君子之所不可及者，其唯人之所不见乎[8]！《诗》[9]云："相[10]在尔室，尚不愧于屋漏[11]。"故君子不动而敬，不言而信[12]。《诗》[13]曰："奏假无言，时靡有争[14]。"是故君子不赏而民劝，不怒而民威[15]于铁钺[16]。《诗》[17]曰："不显[18]惟德，百辟其刑之。[19]"是故君子笃恭而天下平[20]。《诗》云："予怀明德，不大声以色。[21]"子曰："声色之于以化民，末也。"《诗》曰"德輶[22]如毛"，毛犹有伦；"上天之载，无声无臭"，至矣！[23]

【注释】

①衣，去声。絅，口迥反。诗，《国风·卫·硕人》、《郑》之《丰》皆作"衣锦褧衣"。褧，絅同，禅衣也。尚，加也。

②恶，去声。

③闇，音岸。

④前章言圣人之德，极其盛矣。此复自下学立心之始言之，而下文又推之以至其极也。古之学者为己，故其立心如此。尚絅，故暗然。衣锦，故有日章之实。淡、简、温，絅之袭于外也，不厌而文且理焉，锦之美在中也。小人反是，则暴于外而无实以继之，是以的然而日亡也。远之近，见于彼者，由于此也。风之自，著乎外者，本乎内也。微之显，有诸内者，形诸外也。有为己之心而又知此三者，则知所谨而可入德矣，故下文引《诗》言谨独之事。

⑤《诗》，《小雅·正月》之篇。

⑥疚，病也。

⑦恶，去声。无恶于志，犹言无愧于心。

⑧承上文言"莫见乎隐，莫显乎微"也。此君子谨独之事也。

⑨《诗》，《大雅·抑》之篇。

⑩相，去声。视也。

⑪屋漏，室西北隅也。

⑫承上文，又言君子之戒谨恐惧无时不然，不待言动而后敬信，则其为己之功益加密矣。故下文引《诗》并言

宰　我

其效。

⑬《诗》，《商颂·烈祖》之篇。

⑭奏，进也。承上文而遂及其效，言进而感格于神明之际，极其诚敬，无有言说，而人自化之也。

⑮威，畏也。

⑯铁钺，铁与钺。铁，铡刀也。钺，斧也。

⑰诗，《周颂·烈文》之篇。

⑱不显，说见二十六章，此借引以为幽深玄远之意。

⑲承上文言天子有不显之德，而诸侯法之，则其德愈深而效愈远矣。

⑳笃，厚也。笃恭，言不显其敬也。笃恭而天下平，乃圣人至德渊微，自然之应，中庸之极功也。

㉑《诗》，《大雅·皇矣》之篇。引之以明上文所谓不显之德者，正以其不大声与色也。

㉒辑，由、酉二音。

㉓又引孔子之言，以为声色乃化民之末务，今但言不大之而已，则犹有声色者存，是未足以形容不显之妙，不若《烝民》之诗所言"德辑如毛"则庶乎可以形容矣。而又自以为谓之毛，则犹有可比者，是亦未尽其妙，不若《文王》之诗所言"上天之载，无声无臭"，然后乃为不显之至耳。盖声臭有气无形，在物最为微妙，而犹曰无之，故唯此可以形容"不显"、"笃恭"之妙。非此德之外，又别有是三等然后为至也。

【译文】

《诗经》中说："穿上锦服罩布衣。"这样做是因为讨厌锦服的文采太鲜艳了。所以，君子为人的道理在于，外表黯然无色而内心美德才日渐彰明；小人为人的道理在于，外表色彩鲜艳，但是随着时间的推移便会日渐暗淡。君子为人的道理还在于，外表素淡而不使人厌恶，外表简朴而内含文采，外表温和而内有条理，知道远是从近开始，知道感化别人是从自己做起，知道微小隐蔽的地方会影响到显著的地方，能够掌握以上这些道理，就可进到圣人崇高的美德中去了。

《诗经》中说："即使鱼潜深水底，仍然看得很明显。"所以君子经常在内心省察自己，就不会有过失和内疚，就不会有愧心。由此可知，人们之所以不能超过君子的原因，大概就是因为君子能在别人看不见的地方也严格要求自己。

《诗经》中说："看你独自在室中，也应光明无愧心。"所以君子在没行动的时候就已怀着敬畏谨慎的心理，在没有言语的时候就已经诚信专一了。

《诗经》中说："默默无声暗祈祷，今时不再有争斗。"所以君子不须赏赐而人民就会受到鼓励；不必发怒而人民畏惧他就会胜过刑戮的威严。

《诗经》中说："充分显扬好德性，诸侯便会来效行。"所以君子笃实恭敬，就能使天下太平。

《诗经》中说："文王美德我怀念，厉声厉色从不用。"孔子说："用厉声厉色去感化人民，这是没有抓住根本啊！"

《诗经》中说："美德微妙如羽毛。"羽毛虽然轻微细小，但还是有东西可以类比。《诗经》中说："化育万物上天道，无声无味真微妙。"这才是达到了最高的境界啊。

论语

卷　一

学而第一

【原文】

子曰："学而时习之，不亦说乎①？有朋自远方来②，不亦乐乎③？人不知而不愠，不亦君子乎④？"

【注释】

①学而时飞之，不亦说乎：学之为言效也。人性皆善，而觉有先后，后觉者必效先觉之所为，乃可以明善而复其初也。习，鸟数飞也。学之不已，如鸟数飞也。说，悦，同。喜意也。既学而又时时习之，则所学者熟，而中心喜说，其进自不能已矣。

②自远方来：朋，同类也。自远方来，则近者可知。

③乐，音洛。

④愠：纡问反，含怒意。君子，成德之名。

【译文】

孔子说："学了能按时温习，不也愉快吗？有共同见解的人从远方来，不也快乐吗？不为他人所理解而不怨恨，不也是君子吗？"

【原文】

有子①曰："其为人也孝弟，而好犯上者，鲜矣；不好犯上，而好作乱者，未之有也②。君子务本，本立而道生。孝弟也者，其为仁之本与！③"

【注释】

①有子：孔子弟子，名若。

②弟、好，皆去声。善事父母为孝，善事兄长为弟。犯上，谓干犯在上之人。鲜：上声，下同；少也。作乱，则为悖逆争斗之事矣。此言人能孝弟，则其心和顺，少好犯上，必不好作乱也。

③务，专力也。本，犹根也。仁者，爱之理，心之德也。为仁，犹曰行仁。与，阴平。与者，疑辞，谦退不敢质言也。言君子凡事专用力于根本，根本既立，则其道自生。

【译文】

有子说："为人孝顺悌爱而轻易冒犯尊长的，很少见；

不轻易冒犯尊长而轻易作乱的人，还从未有过。君子致力于根本，根本确立了，事物的基本道理就形成了。孝顺悌爱，大概是实行仁的根本要点吧！"

【原文】

子曰："巧言令色，鲜矣仁！"①

曾子②曰："吾日三省吾身：为人谋而不忠乎？与朋友交而不信乎？传不习乎？"③

【注释】

①巧，好。令，善也。好其言，善其色，致饰于外，务以悦人，则人欲肆而本心之德亡矣。圣人辞不迫切，专言鲜，则绝无可知，学者所当深戒也。

②曾子，孔子弟子，名参，字子舆。

③省，悉井反。为，去声。尽己之谓忠。以实之谓信。传，阳平，谓受之于师。习，谓熟之于己。曾子以此三者日省其身，有则改之，无则加勉，其自治诚切如此，可谓得为学之本矣。而三者之序，则又以忠、信为传习之本也。

【译文】

孔子说："花言巧语、仪容伪善，几乎就不具备仁了。"

曾子说："我每天多次省察自身：替他人谋事是否忠诚？与朋友交往是否守信？老师讲授的内容是否温习了？"

曾 皙

【原文】

子曰："道千乘之国：敬事而信，节用而爱人，使民以时。"①

【注释】

①道、乘，皆去声。道，治也。

【译文】

孔子说："治理一个拥有一千辆兵车的国家，要严肃认真地处理政事，要诚实守信，要节约费用，爱护官吏，役使老百姓要在农闲的时候（避免妨碍农业生产）。"

【原文】

子曰："弟子①入则孝，出则弟②，谨而信③，泛④爱众⑤，而亲仁⑥。行有馀力⑦，则以⑧学文⑨。"

【注释】

①"弟子"之弟，去声。

②"则弟"之弟，音剃去声。

③谨者，行之有常也。信者，言之有实也。

④泛，广也。

⑤众，谓众人。

⑥亲，近也。仁，谓仁者。

⑦余力，犹言暇日。

⑧以，用也。

⑨文，谓《诗》《书》六艺之文。

【译文】

孔子说："年轻的晚辈回到家里就孝顺父母，外出交往便敬爱兄长，做事小心谨慎，说话诚实守信，广泛地和众人相友爱，特别亲近那些有仁德的人。在注重德行修养的同时，还有多余的精力，就要抽出时间学习文化知识。"

【原文】

子夏①曰："贤贤易色②；事父母，能竭其力；事君，能致其身③；与朋友交，言而有信：虽曰未学，吾必谓之学矣。"④

【注释】

①子夏，孔子弟子，姓卜，名商。

②贤人之贤，而易其好色之心，好善有诚也。

③致，犹委也。委致其身，谓不有其身也。

④四者皆人伦之大者，而行之必尽其诚，学求如是而已。故子夏言有能如是之人，苟非生质之美，必其务学之至。虽或以为未尝为学，我必谓之已学也。

【译文】

子夏说："对妻子，看重品德才能，而不注重容貌；侍奉父母能够用尽自己的能力；给君主办事，不惜献出自己的生命；同朋友交往，诚实守信。这样的人即使没有学习过《诗》《书》《礼》《乐》等知识，但从实践上看我一定说他们是学习过了的。"

【原文】

子曰："君子不重则不威，学则不固①。主忠信②。无友不如己者③。过则勿惮改。④"

曾子曰："慎终追远，民德归厚矣。"⑤

【注释】

①重，厚重。威，威严。固，坚固也。轻乎外者，必不能坚乎内，故不厚重则无威严，而所学亦不坚固也。

②人不忠信，则事皆无实，为恶则易，为善则难，故学者必以是为主焉。

③无，毋，通；禁止辞也。友所以辅仁，不如己，则无益而有损。

④勿，亦禁止之辞。惮，畏难也。自治不勇，则恶日长，故有过则当速改，不可畏难而苟安也。

⑤慎终者，丧尽其礼。追远者，祭尽其诚。民德归厚，

谓下民化之，其德亦归于厚。盖终者，人之所易忽也，而能谨之；远者，人之所易忘也，而能追之；厚之道也。故以此自为，则已之德厚；下民化之，则其德亦归于厚也。

【译文】

孔子说："君子如果不庄重就没有威严，那么，即使读书学习，知识也不会巩固，要坚守忠诚、信实的伦理道德。所结交的朋友没有不如自己的，有了过错就不要害怕改正。"

曾子说："慎重对待父母的丧礼，追思怀念久远的祖先，民风就会逐渐趋于淳厚。"

【原文】

子禽问于子贡①曰："夫子至于是邦也，必闻其政，求之与②？抑③与之与？"子贡曰："夫子温、良、恭、俭、让④以得之。夫子之求之也，其诸⑤异乎人⑥之求之与？"⑦

【注释】

①子禽，姓陈，名亢。子贡，姓端木，名赐。皆孔子弟子。

②"之与"之与，阴平，下同。

③抑，反语辞。

④温，和厚也。良，易直也。恭，庄敬也。俭，节制也。让，谦逊也。五者，夫子之盛德光辉接于人者。

⑤其诸，语词也。

⑥人，他人也。

⑦言夫子未尝求之，但其德容如是，故时君敬信，自以其政就而问之耳，非若他人必求之而后得也。圣人过化存神之妙，未易窥测，然即此而观，则其德盛礼恭而不愿乎外，亦可见矣。学者所当潜心而勉学也。

【译文】

子禽问子贡："老师每到一个国家，就一定会听到那个国家的政事，这是他求人告诉他的呢？还是别人主动告诉他的？"子贡说："老师以他的温和、正直、庄重、节俭、谦让诸多品德才干取得的。老师这种求得的方法，是不同于其他人求得的方法吧？"

【原文】

子曰："父在，观其志①。父没，观其行②；三年无改于父之道：可谓孝矣。"③

【注释】

①父在，子不得自专，而志则可知。

②行，去声。

③父没，然后其行可见，故观此足以知其人之善恶。然又必能三年无改于父之道，虽终身无改可也。如其非道，何

待三年？然则三年无改者，孝子之心有所不忍故也。游氏曰："三年无改，亦谓在所当改而可以未改者耳。"

【译文】

孔子说："父亲在时，就要看这个人的志向；父亲不在了，就要观察这个人的行为。如果他在长时间里都遵循父亲的行为准则处理事情，这样的人可以称得上是守孝道了。"

【原文】

有子曰："礼之用，和为贵。先王之道斯为美，小大由之[1]。有所不行：知和而和，不以礼节之，亦不可行也。[2]"

【注释】

[1]礼者，天理之节文，人事之仪则也。和者，从容不迫之意。盖礼之为体虽严，然皆出于自然之理，故其为用，必从容而不迫，乃为可贵。先王之道，此其所以为美，而小事大事无不由之也。

[2]承上文而言：如此而复有所不行者，以其徒知和之为贵而一于和，不复以礼节之，则亦非复理之本然矣，所以流荡忘反，而亦不可行也。

【译文】

有子说："礼的运用，以做事恰到好处为可贵，古代君主治理国家的方法，可贵之处就在于此，大事小事都是这样。但是有行不通的事，只知一味地要求恰当，而不用礼来约束，这样做也是不可行的。"

【原文】

有子曰："信近于义，言可复也；恭近于礼，远耻辱也；因不失其亲，亦可宗也。"①

【注释】

①近，去声；远，上声。信，约信也。义者，事之宜也。复，践言也。恭，致敬也。礼，节文也。因，犹依也。宗，犹主也。言约信而合其宜，则言必可践矣。致恭而中其节，则能远耻辱矣。所依者不失其可亲之人，则亦可以宗而主之矣。此言人之言行交际，皆当谨之于始而虑其所终，不然则因仍苟且之间，将有不胜其自失之悔者矣。

【译文】

有子说："信用符合了道义，许下的诺言才可以实践。恭敬符合于礼仪，就不会遭到耻辱了。依靠的人中没有丢掉可亲的人，也就值得尊敬了。"

【原文】

子曰："君子食无求饱，居无求安，敏于事而慎于言，

公冶长

就有道而正焉，可谓好学也已。”①

【注释】

①好，去声。不求安饱者，志有在而不暇及也。敏于事者，勉其所不足。慎于言者，不敢尽其所有余也。然犹不敢自是，而必就有道之人，以正其是非，则可谓好学矣。凡言道者，皆谓事物当然之理，人之所共由者也。

【译文】

孔子说：“君子，吃不要求饱足，住不要求安逸舒适，做事敏捷，而说话谨慎，接近有道德的人并匡正自己的错误，这就可以称得上是好学了。”

【原文】

子贡曰：“贫而无谄，富而无骄①，何如？”子曰：“可也。未若贫而乐［道］，富而好礼者也②。”子贡曰：“《诗》③云：‘如切如磋，如琢如磨。④’其斯之谓与⑤？”子曰：“赐也，始可与言《诗》已矣！告诸往而知来者。⑥”

【注释】

①谄，卑屈也。骄，矜肆也。常人溺于贫富之中，而不知所以自守，故必有二者之病。无谄无骄，则知自守矣，而未能超乎贫富之外也。

②凡曰"可"者，仅可而有所未尽之辞也。乐，音洛。好，去声。乐则心广体胖而忘其贫，好礼则安处善，乐循理，亦不自知其富矣。子贡货殖，盖先贫后富，而尝用力于自守者，故以此为问。而夫子答之如此，盖许其所已能，而勉其所未至也。

③《诗》，《卫风·淇澳》之篇。

④磋，七多反。言治骨角者，既切之而复磋之；治玉石者，既琢之而复磨之：治之已精，而益求其精也。

⑤与，平声。子贡自以无谄无骄为至矣，闻夫子之言，又知义理之无穷；虽有得焉，而未可遽自足也，故引是诗以明之。

⑥往者，其所已言者。来者，其所未言者。愚按：此章问答，其浅深高下，固不待辨说而明矣。然不切则磋无所施，不琢则磨无所措。故学者虽不可安于小成而不求造道之极致，亦不可骛于虚远，而不察切己之实病也。

【译文】

子贡说："贫穷而不巴结奉承，富贵而不骄横，这样的人怎么样？"孔子说："这样的人也算可以了。但不如贫穷却乐道，富有而好礼仪的人。"

子贡说："《诗经》上说：'像切磋骨器、雕琢研磨玉器一样，不断地追求完美，精益求精！'讲的就是这个意思吧？"孔子说："子贡呀，从现在开始可以和你谈论《诗经》了，因为告诉了你这一点，你就能举一反三地知道另一点了。"

【原文】

子曰："不患人之不己知，患不知人也。"①

【注释】

①尹氏曰："君子求在我者，故不患人之不己知。不知人，则是非邪正或不能辨，故以为患也。"

【译文】

孔子说："不要忧虑别人不了解自己，就怕自己不了解别人。"

为政第二

【原文】

子曰："为政以德，譬如北辰，居其所而众星共之。"①

【注释】

①政之为言正也。所以正人之不正也。德之为言得也，得于心而不失也。北辰，北极，天之枢也。居其所，不动也。共，音拱，亦作拱。向也。言众星四面旋绕而归向之也。为政以德，则无为而天下归之，其象如此。

【译文】

孔子说："国君用品德教化治理国家，他就会像北极星那样，泰然处在自己的位置上，使众多的星辰环绕着他。"

【原文】

子曰："《诗》三百①，一言以蔽②之，曰'思无邪'。"③

【注释】

①《诗》三百十一篇，言三百者，举大数也。

②蔽，犹盖也。

③"思无邪"，凡《诗》之言，善者可以感发人之善心，恶者可以惩创人之逸志，其用归于使人得其情性之正而已。然其言微婉，且或各因一事而发，求其直指全体，则未有若此之明且尽者。故夫子言《诗》三百篇，而惟此一言足以尽盖其义，其示人之意亦深切矣。

【译文】

孔子说："《诗经》三百篇，用一句话概括它，就是'内容纯正'。"

【原文】

子曰："道①之以政②，齐之以刑③，民 免而无耻④。道之

南容

以德，齐之以礼⑤，有耻且格⑥。"

【注释】

①道，音导，下同。犹引导，谓先之也。

②政，谓法制禁令也。

③齐，所以一之也。道之而不从者，有刑以一之也。

④免而无耻，谓苟免刑罚而无所羞愧，盖虽不敢为恶，而为恶之心未尝忘也。

⑤礼，谓制度品节也。

⑥格：至也。言躬行以率之，则民固有所观感而兴起矣，而其浅深厚薄之不一者，又有礼以一之，则民耻于不善，而又有以至于善也。一说：格，正也。

【译文】

孔子说："用政令来管理百姓，用刑罚来约束他们，百姓只能暂时地免于犯罪，但不知道犯罪是可耻的；用道德去教化百姓，用礼教来制约他们，百姓便不但有羞耻之心，而且能自己纠正错误。"

【原文】

子曰："吾十有五而志于学①，三十而立②，四十而不惑③，五十而知天命④，六十而耳顺⑤，七十而从心所欲，不逾矩⑥。"

【注释】

①古者十五而入大学。心之所之谓之志。此所谓学，即大学之道也。志乎此，则念念在此而为之不厌矣。

②有以自立，则守之固而无所事志矣。

③于事物之所当然，皆无所疑，则知之明而无所事守矣。

④天命，即天道之流行而赋予物者，乃事物所以当然之故也。知此则知极其精，而不惑又不足言矣。

⑤声入心通，无所违逆。知之之至，不思而得也。

⑥从，如字，随也。矩，法度之器，所以为方者也。随其心之所欲，而自不过于法度，安而行之，不勉而中也。

【译文】

孔子说："我十五岁时有志于做学问，三十岁时能牢固地自立了，四十岁时已经明了各种事情而不会感到疑惑，五十岁时知道天命是什么，六十岁凡听到的都能辨别清楚，明白贯通，到七十岁，我就可以随心所欲，但也不会超越法度。"

【原文】

孟懿子①问孝。子曰："无违。②"樊迟御③，子告之曰："孟孙④问孝于我，我对曰'无违'。⑤"樊迟曰："何谓也？"

126

子曰："生，事之以礼；死，葬之以礼，祭之以礼。"⑥

【注释】

①孟懿子：鲁大夫仲孙氏，名何忌。

②无违：谓不背于理。

③樊迟，孔子弟子，名须。御，为孔子御车也。

④孟孙，即仲孙也。

⑤夫子以懿子未达而不能问，恐其失指而以从亲之令为孝，故语樊迟以发之。

⑥生事，葬，祭，事亲之始终具矣。礼，即理之节文也。人之事亲，自始至终，一于礼而不苟，其尊亲也至矣。是时三家僭礼，故夫子以是警之，然语意浑然，又若不专为三家发者，所以为圣人之言也。

【译文】

孟懿子问什么是孝，孔子回答说："不要违背礼节。"

一天樊迟给孔子赶车，孔子便告诉樊迟说："孟懿子向我请教什么是孝，我答复他说，不要违背礼节。"樊迟问："这话是什么意思呢？"孔子说："当你父母健在的时候，应按礼节侍奉他们；父母去世，应按礼节安葬，按礼节祭奠他们。"

【原文】

孟武伯①问孝。子曰："父母唯其疾之忧。"②

【注释】

①武伯，懿子之子，名彘。

②言父母爱子之心，无所不至，唯恐其有疾病，常以为忧也。人子体此，而以父母之心为心，则凡所以守其身者，自不容于不谨矣，岂不可以为孝乎？旧说：人子能使父母不以其陷于不义为忧，而独以其疾为忧，乃可谓孝。亦通。

【译文】

孟武伯请教孝道。孔子说："对父母只担心他们的疾病（其他方面则不要管得太多）。"

【原文】

子游①问孝。子曰："今之孝者，是谓能养。至于犬马，皆能有养；不敬，何以别乎？"②

【注释】

①子游：孔子弟子，姓言，名偃。

②养，上声，谓饮食供奉也。犬马待人而食，亦若养然。别，彼列反。言人畜犬马，皆能有以养之；若能养其亲而敬不至，则与养犬马者何异？甚言不敬之罪，所以深警之也。

【译文】

　　子游请教孝道。孔子说："现在的所谓孝道，只看作能够养活父母就行了。但是，饲养一只狗，一匹马也都要给它吃饱。如果对父母缺乏敬爱之心，那么与养狗养马有什么区别呢？"

【原文】

　　子夏问孝。子曰："色难①。有事，弟子服其劳；有酒食，先生馔②：曾③是以为孝乎？"④

【注释】

　　①色难：谓事亲之际，惟色为难也。
　　②食，音嗣，饭也。先生，父兄也。馔，饮食之也。
　　③曾，犹尝也。
　　④盖孝子之有深爱者，必有和气；有和气者，必有愉色；有愉色者，必有婉容。故事亲之际，惟色为难耳，服劳奉养未足为教也。

【译文】

　　子夏请教孝道。孔子说："孝道难就难在儿子在父母面前总能保持和颜悦色。碰到事情，由年轻人效劳，遇到好吃好喝的，让年长的享用，（仅仅做到这样）就竟然可以认为尽孝道了吗？"

【原文】

子曰："吾与回[1]言终日，不违[2]如愚，退而省其私[3]，亦足以发[4]。回也不愚。"[5]

【注释】

[1]回，孔子弟子，姓颜，字子渊。

[2]不违者，意不相背，有听受而无问难也。

[3]私，谓燕居独处，非进见请问之时。

[4]发，谓发明所言之理。

[5]愚闻之师曰："颜子深潜纯粹，其于圣人体段已具。其闻夫子之言，默识心融，触处洞然，自有条理。故终日言，但见其不违如愚人而已。及退省其私，则见其日用动静语默之间，皆足以发明夫子之道，坦然由之而无疑，然后知其不愚也。"

【译文】

孔子说："我整天同颜回讲学，他从不提出反问，像个愚钝的人。等他退下去，我考察他与别人私下的讨论，却也能进行发挥，可见颜回并不愚钝。"

【原文】

子曰："视其所以[①]，观其所由[②]，察其所安[③]。人焉瘦哉？人焉瘦哉？[④]"

【注释】

①以：为也。为善者君子，为恶者小人。

②观，比视为详矣。由，从也。事虽为善，而意之所从来者有未善焉，则亦不得为君子矣。

③察，则又加详矣。安，所乐也。所由虽善，而心之所乐者不在于是，则亦伪耳，岂能久而不变哉？

④焉，於虔反，何也。瘦，所留反，匿也。重言以深明之。

【译文】

孔子说："观察他做的是什么，再考察他用什么途径去做，再考察他这样做的心理动机。那么，这个人怎么隐藏得住呢？这个人怎么隐藏得住呢？"

【原文】

子曰："温故而知新，可以为师矣。"[①]

【注释】

①温，寻绎也。故者，旧所闻。新者，今所得。言学能

时习旧闻，而每有新得，则所学在我，而其应不穷，故可以为人师。若夫记问之学，则无得于心，而所知有限，故《学记》讥其"不足以为人师"，正与此意互相发也。

【译文】

孔子说："能够在温习旧知识时有新的体会和发现，就可以做老师了。"

【原文】

子曰："君子不器。"①

【注释】

①器者，各适其用而不能相通。成德之士，体无不具，故用无不周，非特为一才一艺而已。

【译文】

孔子说："君子不应当像器皿一样（只供一定用途）。"

【原文】

子贡问君子。子曰："先行其言而后从之。"①

【注释】

①周氏曰："先行其言者，行之于未言之前。而后从之

者，言之于既行之后。”范氏曰：“子贡之患，非言之艰而行之艰，故告之以此。”

【译文】

子贡问如何才算是君子。孔子说：“应做到先实行了你所要说的话，再把这话说出来。”

孔子说：“君子以道义团结人，而不相互勾结；小人相互勾结，而不以道义团结人。”

【原文】

子曰：“学而不思则罔，思而不学则殆。”[1]

【注释】

[1]不求诸心，故昏而无得。不习其事，故危而不安。

【译文】

孔子说：“只读书而不思考，就会受骗；只空想而不读书，就有危险。”

【原文】

子曰：“攻乎异端，斯害也已！”[1]

【注释】

[1]范氏曰：“攻，专治也，故治木石金玉之工曰攻。异

漆雕开

端，非圣人之道，而别为一端，如杨、墨是也。其率天下至于无父无君，专治而欲精之，为害甚矣！”

【译文】

孔子说："专心研治不正确的观点，就会有害了。"

【原文】

子曰："由①，诲女②知之乎！知之为知之，不知为不知，是知也。"③

【注释】

①由，孔子弟子，姓仲，字子路。

②女，音汝。

③子路好勇，盖有强其所不知以为知者，故夫子告之曰：我教女以知之之道乎！但所知者则以为知，所不知者则以为不知。如此则虽或不能尽知，而无自欺之蔽，亦不害其为知矣。况由此而求之，又有可知之理乎！

【译文】

孔子说："由！我把对待知与不知的正确态度教给你！知道就是知道，不知道就是不知道，这才是明智的。"

【原文】

子张^①学干禄^②。子曰："多闻阙疑，慎言其馀，则寡尤。多见阙殆，慎行其馀，则寡悔。言寡尤，行寡^③悔，禄在其中矣。"^④

【注释】

①子张：孔子弟子，姓颛孙，名师。

②干，求也。禄，仕者之俸也。

③"行寡"之行，去声。

④吕氏曰："疑者所未信，殆者所未安。"

【译文】

子张向孔子学求取俸禄的方法。孔子说："多听，有怀疑的地方先予以保留，对其余的谨慎地说出，这就能减少过失；多看，有疑惑的地方先予以保留，对其余的谨慎地实行，这就能减少懊悔。言语少过失，行为少懊悔，俸禄就在里边了。"

【原文】

哀公^①问曰："何为则民服？"孔子对曰^②："举直错诸^③枉，则民服。举枉错诸直，则民不服。"

【注释】

①哀公，鲁君，名蒋。

②凡君问，皆称"孔子对曰"者，尊君也。

③错，舍置也。诸，众也。

【译文】

鲁哀公问孔子说："怎样做百姓才会拥护？"孔子回答说："把正直的人提拔出来，放在邪恶的人之上，百姓就会拥护；把邪恶的人提拔出来，放在正直的人之上，百姓就不会拥护。"

【原文】

季康子①问："使民敬、忠以劝，如之何？"子曰："临之以庄则敬，孝慈则忠，举善而教不能则劝。"②

【注释】

①季康子，鲁大夫季孙氏，名肥。

②庄，谓容貌端严也。临民以庄，则民敬于己。孝于亲，慈于众，则民忠于己。善者举之而不能者教之，则民有所劝而乐于为善。

【译文】

季康子问孔子："要使人民对在上者敬重、忠诚并勤勉办事，应该怎么做？"孔子说："以严肃的态度对待他们，他们对你就会敬重；以敬老爱幼的胸怀对待他们，他们对你就会忠诚；提拔正直善良的人，教育能力不足的人，他们就会勤勉办事了。"

【原文】

或谓孔子曰："子奚不为政？"①子曰："《书》②云：'孝乎③！惟孝，友④于兄弟，施于有政。'是亦为政，奚其为为政？"⑤

【注释】

①定公初年，孔子不仕，故或人疑其不为政也。
②《书》，《周书·君陈篇》。
③《书》云"孝乎"者，言《书》之言孝如此也。
④善兄弟曰友。
⑤《书》言君陈能孝于亲，友于兄弟，又能推广此心，以为一家之政。孔子引之，言如此则是亦为政矣，何必居位乃为为政乎？盖孔子之不入仕，或有难以语人者，故托此以告之，要之道理亦不外如是。

【译文】

有人对孔子说："您为什么不参与政治呢？"孔子说："《尚书》中说：'孝就要真正孝敬父母，友爱兄弟，用这种

申　枨

修养影响执政大臣。’这也是参与政治，为什么一定要做官
才算参与政治呢？”

【原文】

　　子曰：“人而无信，不知其可也。大车无輗，小车无軏，
其何以行之哉？”①

【注释】

　　①大车，谓平地任载之车。小车，谓田车、兵车、乘
车。车无此二者，则不可以行。人而无信，亦犹是也。

【译文】

　　孔子说：“做一个人，却不讲信用，我不知道那怎么行
得通！这就像大车上缺少輗，小车上缺少軏，这车怎么
走呢？”

【原文】

　　子张问：“十世可知也？①”子曰：“殷因于夏，礼所
损益可知也；周因于殷，礼所损益可知也；其或继周者，虽
百世可知也。”②

【注释】

　　①王者易姓受命为一世。

②马氏曰："所因，谓三纲五常。所损益，谓文质三统。"愚按：三纲，谓君为臣纲，父为子纲，夫为妻纲。五常，谓仁、义、礼、智、信。文质，谓夏尚忠，商尚质，周尚文。三统，谓夏正建寅为人统，商正建丑为地统，周正建子为天统。三纲五常，礼之大体，三代相继，皆因之而不能变。其所损益，不过文章制度小过不及之间，而其已然之迹，今皆可见。则自今以往，或有继周而王者，虽百世之远，所因所革，亦不过此，岂但十世而已乎！圣人所以知来者盖如此，非若后世谶纬术数之学也。

【译文】

子张问孔子："十代以后的情况可以知道吧？"孔子说："殷朝沿袭夏朝的制度，所作的减损和增加是可以知道的；周朝沿袭殷朝的制度，所作的减损和增加是可以知道的。假若有继周朝而当政的人，即使以后一百代，也是可以预知的。"

【原文】

子曰："非其鬼①而祭之，谄②也。见义不为，无勇也。"

【注释】

①非其鬼：谓非其所当祭之鬼。
②谄，求媚也。

③知而不为，是无勇也。

【译文】

孔子说："不是自己应该祭的鬼，却去祭他，这是献媚。见到应当挺身而出的事，却不去做，这是无勇。"

卷　二

八佾第三

【原文】

孔子谓："季氏①八佾②舞于庭，是可忍也，孰不可忍也？"③

【注释】

①季氏：鲁大夫季孙氏也。

②佾，音逸，舞列也：天子八，诸侯六，大夫四，士二。每佾人数，如其佾数。或曰："每佾八人。"未详孰是。

③季氏以大夫而僭用天子这礼乐，孔子言其此事尚忍为之，则何事不可忍为？或曰："忍，容忍也。"盖深疾之之辞。

【译文】

孔子谈到季氏，说："他在庭院中奏乐舞蹈用了六十四人，如果这件事是可以容忍的话，那还有什么事不可以容忍呢？"

【原文】

三家者以《雍》彻①。子曰："'相维辟公，天子穆穆'，奚取于三家之堂？"②

【注释】

①三家，鲁大夫孟孙、叔孙、季孙之家也。《雍》，《周颂》篇名。彻，祭毕而收其俎也。天子宗庙之祭，则歌《雍》以彻，是时三家僭而用之。

②相，去声，助也。辟公，诸侯也。穆穆，深远之意，天子之容也。此《雍》诗之辞，孔子引之，言三家之堂非有此事，亦何取于此义而歌之乎？讥其无知妄作，以取僭窃之罪。

【译文】

仲孙、叔孙、季孙三家，在祭祀完祖先后，唱着《雍》这首诗歌来撤除祭品。孔子说："《雍》诗中说：'助祭的是诸侯，天子严肃静穆地在那里主祭。'这样两行诗，用在三

冉 雍

145

家大夫祭祖的厅堂上，取它哪一点意义呢？”

【原文】

子曰："人而不仁，如礼何？人而不仁，如乐何？"①

【注释】

①游氏曰："人而不仁，则人心亡矣，其如礼乐何哉？言虽欲用之，而礼乐不为之用也。"

【译文】

孔子说："作为一个人，却不仁不义，那怎么能用礼呢？作为一个人，却不仁不义，那怎么能用乐呢？"

【原文】

林放问礼之本①。子曰："大哉问②！礼，与其奢也，宁俭。丧，与其易③也，宁戚。"④

【注释】

①林放，鲁人。见世之为礼者专事繁文，而疑其本之不在是也，故以为问。

②孔子以时方逐末，而放独有志于本，故大其问。盖得其一，则礼之全体无不在其中矣。

③易，去声，治也。

④在丧礼，则节文习熟，而无哀痛惨怛之实者也。戚则一于哀，而文不足耳。礼贵得中，奢、易则过于文，俭、戚则不及而质，二者皆未合礼。然凡物之理，必先有质而后有文，则质乃礼之本也。范氏曰："夫祭，与其敬不足而礼有余也，不若礼不足而敬有余也；丧，与其哀不足而礼有余也，不若礼不足而哀有余也。礼失之奢，丧失之易，皆不能反本而随其末故也。礼奢而备，不若俭而不备之愈也；丧易而文，不若戚而不文之愈也。俭者物之质，戚者心之诚，故为礼之本。"

【译文】

林放问礼的根本。孔子说："你问的问题真大啊！一般的礼仪，与其奢侈，不如节俭些；丧葬仪式，与其办得尽善尽美，不如在心里真诚悲哀。"

【原文】

子曰："夷狄之有君，不如诸夏之亡①也。"

【注释】

①吴氏曰："亡，古无字，通用。"

【译文】

孔子说："边远地区的落后民族有个君主，还比不上中原华夏族各诸侯国没有君主哩。"

【原文】

季氏游于泰山①。子谓冉有②曰："女③弗能救④与⑤？"对曰："不能。"子曰："呜呼⑥！曾谓泰山不如林放乎？"⑦

【注释】

①旅，祭名，泰山，山名，在鲁地。礼，诸侯祭封内山川，季氏祭之，僭也。

②冉有，孔子弟子，名求，时为季氏宰。

③女，音汝。

④救，谓救其陷于僭窃之罪。

⑤与，阴平。

⑥呜呼，叹辞。

⑦言神不享非礼，欲季氏知其无益而自止，又进林放以厉冉有也。

【译文】

季氏要去祭泰山。孔子对冉有说："你能阻止他吗？"冉有回答道："不能。"孔子说："哎呀！难道说泰山之神还不如林放懂得礼节吗？"

【原文】

子曰："君子无所争，必也射乎！揖让而升[1]，下而饮[2]，其争也君子。"[3]

【注释】

[1]揖让而升者，《大射》之礼，耦进三揖而后升堂也。

[2]饮，去声。下而饮，谓射毕揖降，以俟众耦皆降，胜者乃揖不胜者升，取觯立饮也。

[3]言君子恭逊，不与人争，惟于射而后有争。然其争也，雍容揖逊乃如此，则其争也君子，而非若小人之争矣。

【译文】

孔子说："君子没有什么可争的事情。要是有争的话，那一定是比箭吧！互相作揖然后登场，射完走下来饮酒，但那也是一种君子式的竞赛。"

【原文】

子夏问曰："'巧笑倩[1]兮，美目盼[2]兮，素[3]以为绚[4]兮。[5]'何谓也？[6]"子曰："绘事后素。[7]"曰："礼后乎[8]？"子曰："起予[9]者商也！始可与言《诗》已矣。"

【注释】

[1]倩：七练反，好口辅也。

②盼，普苋反，目黑白分也。

③素，粉地，画之质也。

④绚，彩色，画之饰也。

⑤此逸诗也。言人有此倩盼之美质，而又加以华彩之饰，如有素地而加彩色也。

⑥子夏疑其反谓以素为饰，故问之。

⑦绘，绘事，缓画之事也。后素，后于素也。

⑧礼必以忠信为质，犹绘事必以粉素为先。

⑨起，犹发也。起予，言能起发我之志意。

【译文】

子夏问："'有酒窝的脸笑得美，黑白分明的眼流露着媚态，洁白的底子上画上炫目的色彩'，这句话什么意思？"孔子说："先以白色以底子，再上颜色。"

子夏说："那么，礼乐是不是产生在仁义以后呢？"孔子说："启发我的人是你啊，卜商，现在可以和你讨论《诗经》了。"

【原文】

子曰："夏礼吾能言之，杞①不足征②也。殷礼吾能言之，宋③不足征也。文献④不足故也；足，则吾能征之矣。"⑤

【注释】

①杞夏之后。

②征，证也。

③宋，殷之后。

④文，典籍也。献，贤也。

⑤言二代之礼，我能言之，而二国不足取以为证，以其文献不足故也。文献若足，则我能取之以证吾言矣。

【译文】

孔子说："夏代的礼我能述说，它的后代杞国不足以证明；殷代的礼，我能述说，它的后代宋国不足以证明。这是典籍和熟悉历史的贤者不够的缘故。典籍和贤人够了，我就能证明它们了。"

【原文】

子曰："禘①，自既灌而往者，吾不欲观之矣。②"

【注释】

①禘：大计反。

②灌者，方祭之始，用郁鬯之酒灌地以降神也。鲁之君臣，当此之时，诚意未散，犹有可观，自此以后，则浸以懈怠而无足观矣。盖鲁祭非礼，孔子本不欲观，至此而失礼之中又失礼焉，故发此叹也。

【译文】

孔子说："禘祭的仪式，从第一次献酒以后，我就不想看了。”

【原文】

或问禘之说。子曰：“不知也①。知其说者之于天下也，其如示②诸斯乎！”指其掌。③

【注释】

①先王报本追远之意，莫深于禘。非仁孝诚敬之至，不足以与此，非或人之所及也。而不王不禘之法，又鲁之所当讳者，故以“不知”答之。

②示，与视同。

③指其掌，弟子记夫子言此而自指其掌，言其明且易也。盖知禘之说，则理无不明，诚无不格，而治天下不难矣。圣人于此，岂真有所不知也哉？

【译文】

有人问孔子关于禘祭的道理。孔子说：“不知道。知道这种道理的人治理天下，就像把东西摆在这里一样容易吧！”孔子说时指着他的手掌。

【原文】

祭如在，祭神如神在。子曰：“吾不与祭，如不祭。①”

【注释】

①与，上声。又记孔子之言以明之。言己当祭之时，或有故不得与，而使他人摄之，则不得致其"如在"之诚。故虽已祭，而此心缺然，如未尝祭也。

【译文】

孔子祭祀祖先时就像祖先真的在面前，祭神时就像神真的在面前。孔子说："我如果不能亲自参加祭祀而请人代理，那和不祭是一样的。"

【原文】

王孙贾①问曰："'与其媚②于奥③，宁媚于灶④'，何谓也？⑤"子曰："不然，获罪于天，无所祷也。"⑥

【注释】

①王孙贾：卫大夫。

②媚，亲顺也。

③室西南隅为奥。

④灶者，五祀之一，夏所祭也。

⑤凡祭五祀，皆先设主而祭于其所，然后迎尸而祭于奥，略如祭宗庙之仪。如祀灶，则设主于灶陉，祭毕，而更设馔于奥以迎尸也。故时俗之语，因以奥有常尊而非祭之

主，灶虽卑贱而当时用事，喻自给于君不如阿附权臣也。贾，卫之权臣，故以此讽孔子。

⑥天，即理也。其尊无对，非奥、灶之可比也。逆理，则获罪于天矣，岂媚于奥、灶所能祷而免乎？言但当顺理，非特不当媚灶，亦不可媚于奥也。

【译文】

王孙贾问道："与其巴结奥神，宁可巴结灶神，这是什么意思？"孔子曰："不对。如果得罪了上天，就没有地方可以祈祷了。"

【原文】

子曰："周监于二代①，郁郁②乎文哉！吾从周。"

【注释】

①监，视也。二代，夏商也。言其视二代之礼而损益之。

②郁，郁郁，文盛貌。

【译文】

孔子说："周朝的礼乐制度是借鉴夏朝、商朝的制度而建立起来的，多么丰富多彩呀！我赞成周朝的制度。"

【原文】

子入大庙①，每事问。或曰："孰谓鄹人之子知礼乎②？入大庙，每事问。"子闻之，曰："是礼也。"③

【注释】

①大，音泰。大庙，鲁周公庙。此盖孔子始仕之时，入而助祭也。

②鄹，侧留反，鲁邑名。孔子父叔梁纥，尝为其邑大夫。孔子自少以知礼闻，故或人因此而讥之。

③孔子言"是礼"者，敬谨之至，乃所以为礼也。

【译文】

孔子进到太庙中，每件事都问。有人说："谁说鄹大夫的儿子知道礼呢？他进到太庙中，每件事都问别人。"孔子听到了这话，说："这就是礼嘛。"

【原文】

子曰："射不主皮①，为力不同科②，古之道也。"③

【注释】

①"射不主皮"，《乡射礼》文。皮，革也，布侯而栖革于其中以为的，所谓鹄也。

公西赤

②为，去声。为力不同科，孔子解礼之意如此也。科，等也。

③古者射以观德，但主于中，而不主于贯革，盖以人之力有强弱，不同等也。

【译文】

孔子说："举行射箭比赛，不一定要穿破箭靶子，只要中靶就可以。因为各人的力气大小是不同的，这是古代行射礼时的规矩啊！"

【原文】

子贡欲去告朔之饩羊①。子曰："赐也，尔爱其羊，我爱其礼。"②

【注释】

①去，起吕反。告，古笃反。告朔之礼：古者天子常以季冬颁来岁十二月之朔于诸侯，诸侯受而藏之祖庙。月朔，则以特羊告庙，请而行之。饩，许气反，生牲也。鲁自文公始不视朔，而有司犹供此羊，故子贡欲去之。

②爱，犹惜也。子贡盖惜其无实而妄费。然礼虽废，羊存，犹得以识之而可复焉。若并去其羊，则此礼遂亡矣，孔子所以惜之。

【译文】

子贡想去掉农历每月初一举行的告朔仪式所用的活羊。孔子说："子贡啊！你吝惜那只活羊，我爱惜的是那告朔之礼。"

【原文】

子曰："事君尽礼，人以为谄也。"①

【注释】

①黄氏曰："孔子迂事君之礼，非有所加也，如是而后尽尔。时人不能，反以为谄，故孔子言之，以明礼之当然也。"

【译文】

孔子说："完全按照做臣子的礼节去侍奉君主，本是分内的事。可是，现在有的人却认为是向君主献媚讨好。"

【原文】

定公①问："君使臣，臣事君，如之何？"孔子对曰："君使臣以礼，臣事君以忠。"②

【注释】

①定公，鲁君，名宋。

②二者皆理之当然，各欲自尽而已。

【译文】

鲁定公问道："国君使用臣子，臣子侍奉国君，各应该是怎么样呢？"孔子回答说："国君应该按照礼节去使用臣子，臣子应该竭尽忠诚地去侍奉君主。"

【原文】

子曰："《关雎》①，乐而不淫，哀而不伤。"②

【注释】

①《关雎》，《周南国风》诗之首篇也。

②乐，音洛。淫者，乐之过而失其正者也。伤者，哀之过而害于和者也。《关雎》之诗，言后妃之德，宜配君子。求之未得，则不能无寤寐反侧之忧；求而得之，则宜其有琴瑟钟鼓之乐。盖其忧虽深而不害于和。其乐虽盛而不失其正，故夫子称之如此，欲学者玩其辞，审其音，而有以识其性情之正也。

【译文】

孔子说："《诗经·关雎》篇虽然是歌颂爱情的诗，但是它的内容快乐而不放荡，悲哀而不过分伤感。"

【原文】

哀公问社于宰我[1]。宰我对曰："夏后氏以松，殷人以柏，周人以栗，曰使民战栗[2]。"子闻之，曰："成事不说，遂事[3]不谏，既往不咎。"[4]

【注释】

[1]宰我，孔子弟子，名予。

[2]三代之社不同者，古者立社，各树其土之所宜木以为主也。战栗，恐惧貌。宰我又言周所以用栗之意如此。岂以古者戮人于社，故附会其说与？

[3]遂事，谓事虽未成，而势不能已者。

[4]孔子以宰我所对，非立社之本意，又启时君杀伐之心；而其言已出，不可复救，故历言此以深责之，欲使谨其后也。

【译文】

鲁哀公向孔子的学生宰我询问有关供奉社神的问题。宰我回答说："夏代人用松木，商代人用柏木，周代人用栗木。周代人用栗木的意义是让老百姓害怕得发抖。"孔子听到这些话，就责备宰我说："已经做过的事就不用再解释了，已经完成的事就不要再劝阻了，已经过去的事就不要再责

原　宪

备了。”

【原文】

　　子曰:"管仲①之器小②哉!"或曰:"管仲俭乎?③"曰;"管氏有三归④,官事不摄⑤,焉⑥得俭?""然则管仲知礼乎?⑦"曰:"邦君树塞门,管氏亦树塞门。邦君为两君之好,有反坫,管氏亦有反坫。管氏而知礼,孰不知礼?"⑧

【注释】

　　①管仲:齐大夫,名夷吾,相桓公霸诸侯。
　　②器小:言其不知圣贤大学之道,故局量褊浅、规模卑狭,不能正身修德以致主于王道。
　　③或人盖疑器小之为俭。
　　④三归:台名。事见《说苑》。
　　⑤摄,兼也。家臣不能具官,一人常兼数事。管仲不然。皆言其侈。
　　⑥焉,於虔反。
　　⑦或人又疑不俭为知礼。
　　⑧屏谓之树。塞,犹蔽也。设屏于门,以蔽内外也。好,去声。坫,丁念反。好,谓好会。坫,在两楹之间,献酬饮毕,则反爵于其上。此皆诸侯之礼,而管仲僭之,不知礼也。盖虽不复明言小器之所以然,而其所以小者,于此亦可见矣。

【译文】

孔子说："管仲的气度狭小啊！"

有人问："管仲俭约吗？"孔子说："管某人收取市租，家臣不兼职，哪能俭约呢？"

那人说："那么管仲知道礼吗？"孔子说："国君设立照壁，管某人也设立照壁；国君为了接待他国君主，有放置酒杯的坫台，管某人也有放置酒杯的坫台。如果管某人知道礼，谁不知道礼呢？"

【原文】

子语鲁大师乐①。曰："乐其可知也：始作，翕②如也；从③之，纯④如也，皦⑤如也，绎⑥如也，以成⑦。"

【注释】

①语，去声，告也。大，音泰。大师，乐官名。时音乐废缺，故孔子教之。

②翕：合也。

③从：音纵，放也。

④纯：和也。

⑤皦：明也。

⑥绎：相续不绝也。

⑦成：乐之一终也。

【译文】

孔子告诉鲁国太师奏乐之道，说："奏乐是能通晓的。开始演奏时，五音齐鸣；展开时，音律和谐，节奏分明，连绵不断，以此完成乐曲。"

【原文】

仪封人①请见。曰："君子之至于斯也，吾未尝不得见也。"从者见之②。出，曰："二三子何患于丧③乎？天下之无道也久矣，天将以夫子为木铎。④"

【注释】

①仪，卫邑。封人，掌封疆之官，盖贤而隐于下位者也。

②"请见"、"见之"之见，贤遍反。君子，谓当时贤者。至此皆得见之，自言其平日不见绝于贤者，而求以自通也。见之，谓通使得见。

③从、丧，皆去声。丧谓失位去国，《礼》曰"丧欲速贫"是也。

④木铎：金口木舌，施政教时所振以警众者也。言乱极当治，天必将使夫子得位设教，不久失位也。封人一见夫子而遽以是称之，其所得于观感之间者深矣。

【译文】

仪邑的地方长官求见孔子，说："凡有君子来到敝邑，我从没有得不到接见的。"侍从的弟子使他见了孔子。他出来后说："你们何患不遇呢？天下无道很长久了，上天将要把夫子作为醒世的木铎。"

【原文】

子谓《韶》①："尽美②矣，又尽善③也。"谓《武》④："尽美矣，未尽善也。"⑤

【注释】

①《韶》，舜乐。
②美者，声容之盛。
③善者，美之实也。
④《武》，武王乐。
⑤舜绍尧致治，武王伐纣救民，其功一也，故其乐皆尽美。然舜之德，性之也，又以揖逊而有天下；武王之德，反之也，又以征诛而得天下：故其实有不同者。

【译文】

孔子谈到《韶》乐，说它"极其美好，又非常完善"；谈到《武》乐，说它"极其美好，但还不够完善"。

【原文】

子曰："居上不宽，为礼不敬，临丧不哀，吾何以观之哉？"①

【注释】

①居上主于爱人，故以宽为本。为礼以敬为本，临丧以哀为本。既无其本，则以何者而观其所行之得失哉？

【译文】

孔子说："居于高位不宽厚，行礼不恭敬，临丧不悲哀，我为什么去观瞻呢？"

里仁第四

【原文】

子曰："里仁为美。择不处仁，焉得知？"①

【注释】

①处，上声。焉，於虔反。知，去声。里有仁厚之俗为美。择里而不居于是焉，则失其是非之本心，而不得为知矣。

【译文】

孔子说：“安居于仁才是最美的，择身所居而不选择仁，怎么算得上聪明呢？”

【原文】

子曰：“不仁者不可以久处约，不可以长处乐①。仁者安仁，知者利仁。②”

【注释】

①约，穷困也。乐，音洛。不仁之人，失其本心，久约必滥，久乐必淫。

②知，去声。利，犹贪也，盖深知笃好而必欲得之也。惟仁者则安其仁而无适不然，知者则利于仁而不易所守。盖虽深浅之不同，然皆非外物所能夺矣。

【译文】

孔子说：“不仁德的人不能长久地处于贫穷中，也不能长久地处于安乐中。有仁德的人安于仁德，聪明人则因为知道仁对自己有好处而实行仁。”

【原文】

子曰：“唯仁者能好人，能恶人。”①

【注释】

①唯之为言独也。好、恶，皆去声。盖无私心，然后好恶当于理。

【译文】

孔子说："只有有仁德的人才能正确地喜欢人和厌恶人。"

【原文】

子曰："苟志于仁矣，无恶也。"①

【注释】

①苟，诚也。志者，心之所之也。恶，如字。其心诚在于仁，则必无为恶之事矣。

【译文】

孔子说："如果有志于实行仁德，就不会干坏事了。"

【原文】

子曰："富与贵，是人之所欲也。不以其道得之，不处也。贫与贱，是人之所恶也。不以其道得之，不去也。"①

冉　耕

君子去仁，恶乎成名②？君子无终食③之间违仁，造次④必于是，颠沛⑤必于是。”⑥

【注释】

①恶，去声。去，如字，下同。"不以其道得之"，谓不当得而得之。然于富贵则不处，于贫贱则不去，君子之审富贵而安贫贱也如此。

②恶，阴平。言君子所以为君子，以其仁也。若贪富贵而厌贫贱，则是自离其仁，而无君子之实矣，何所成其名乎？

③终食者，一饭之顷。

④造，七到反。造次，急遽苟且之时。

⑤沛，音贝。颠沛，倾覆流离之际。

⑥盖君子之不去乎仁如此，不但富贵、贫贱取舍之间而已也。言君子为仁，自富贵、贫贱取舍之间，以至于终食、造次、颠沛之顷，无时无处而不用其力也。然取舍之分明，然后存养之功密；存养之功密，则其取舍之分益明矣。

【译文】

孔子说："富足和尊贵，是每个人都希望得到的，但是如果不用正当的办法得到它，君子不会接受。贫困和卑贱，是每个人都厌恶的。但是如果不用正当的办法摆脱它，君子也不会摆脱它的。君子如果抛弃了仁德，又怎样能够成就他的名声呢？君子在一顿饭的时间内都不会背离仁德，即使在最紧急的时刻都是这样，在颠沛流离的时候也是这样。"

【原文】

子曰："我未见好仁者、恶不仁者。好仁者，无以尚之；恶不仁者，其为仁矣，不使不仁者加乎其身①。有能一日用其力于仁矣乎？我未见力不足者。盖有之矣，我未之见也。②"

【注释】

①好、恶，皆去声。夫子自言未见好仁者、恶不仁者。盖好仁者真知仁之可好，故天下之物无以加之；恶不仁者真知不仁之可恶，故其所以为仁者，必能绝去不仁之事，而不使少有及于其身。此皆成德之事，故难得而见之也。

②言好仁、恶不仁者，虽不可见，然或有人果能一旦奋然用力于仁，则我又未见其力有不足者。盖为仁在己，欲之则是，而志之所至，气必至焉。故仁虽难能，而至之亦易也。

③盖，疑辞。有之，谓有用力而力不足者。盖人之气质不同，故疑亦容或有此昏弱之甚、欲进而不能者，但我偶未之见耳。盖不敢终以为易，而又叹人之莫肯用力于仁也。此章言仁之成德，虽难其人，然学者苟能实用其力，则亦无不可至之理。但用力而不至者，今亦未见其人焉，此夫子所以反复而叹息之也。

【译文】

孔子说："我没有见到一个爱好仁德的人，讨厌一个不仁德的人。爱好仁德的人，那是再好不过的了；厌恶不仁德的人，是因为不使不仁德的人对自己有不好的影响。有能够用一天的时间把力量花在仁德上的吗？我没有见过（实行仁德）力量不够的人。大概有这样的人吧，但我没有见到过。"

【原文】

子曰："人之过也，各于其党。观过，斯知仁矣。"①

【注释】

①党，类也。

【译文】

孔子说："人们的过错，按照人的情况不同而有不同的类别。只要看一看这个人的错误，就可知他属于哪一类人了。"

【原文】

子曰："朝闻道，夕死可矣。"①

【注释】

①道者，事物当然之理。苟得闻之，则生顺死安，无复遗恨矣。朝夕，所以甚言其时之近。

【译文】

孔子说："早晨明晓了真理，纵然当晚死去也是值得的。"

【原文】

子曰："士志于道，而耻恶衣恶食者，未足与议也。"①

【注释】

①心欲求道，而以口体之奉不若人为耻，其识趣之卑陋甚矣，何足与议于道哉？

【译文】

孔子说："有志于探求真理却以吃得不好穿得不好为羞耻的读书人，是不值得跟他进行讨论的。"

【原文】

子曰："君子之于天下也，无适也，无莫也，义之与比。"

子曰："君子怀德，小人怀土。君子怀刑，小人怀惠。"①

【注释】

①怀，思念也。怀德，谓存其固有之善。怀土，谓溺其

所处之安。怀刑，谓畏法。怀惠，谓贪利。君子小人趣向不同，公私之间而已矣。

【译文】

孔子说："君子对于天下的事情，没有固定不变地（要求）要怎样做，也没有固定不变地（认为）不应该怎么做，而是怎样适合情理，就怎么去做。"

孔子说："君子时常想着道德，小人时常思念乡土。君子关心法令制度，小人贪图私利。"

【原文】

子曰："放于利而行，多怨。"①

【注释】

①放，上声。

【译文】

孔子说："一切依照个人利害关系行事，就容易招来别人的众多怨恨。"

【原文】

子曰："能以礼让为国乎？何有？不能以礼让为国，如礼何？”①

【注释】

①让者，礼之实也。何有，言不难也。言有礼之实以为国，则何难之有？不然，则其礼文虽具，亦且无如之何矣，而况于为国乎？

【译文】

孔子说：“能够用礼让来治理国家，那还有什么困难呢？不用礼让来治理国家，那又能怎样实行礼呢？”

【原文】

子曰：“不患无位，患所以立①；不患莫己知，求为可知②也。”

【注释】

①所以立：谓所以立乎其位者。
②可知：谓可以见知之实。

【译文】

孔子说：“不担心没有职位，只担心没有任职的本领。不担心没人了解自己，只设法拥有使别人了解自己的本领就行了。”

【原文】

子曰："参乎①！吾道一以贯②之。"曾子曰："唯。③"子出。门人问曰："何谓也？"曾子曰："夫子之道，忠恕而已矣。"④

【注释】

①参，所金反。"参乎"者，呼曾子之名而告之。

②贯，通也。

③唯，上声。唯者，应之速而无疑者也。圣人之心，浑然一理，而泛应曲当，用各不同。曾子于其用处，盖已随事精察而力行之，但未知其体之一尔。夫子知其真积力久，将有所得，是以呼而告之。曾子果能默契其指，即应之速而无疑也。

④尽己之谓忠，推己之谓恕。

【译文】

孔子说："参啊！我的学说贯穿着一个基本思想。"曾子说："是。"孔子走出去后，别的学生问道："这是什么意思？"曾子回答说："他老人家的学说，就是忠和恕罢了。"

【原文】

子曰："君子喻于义，小人喻于利。"①

【注释】

①喻，犹晓也。义者，天理之所宜。利者，人情之所欲。

【译文】

孔子说："君子明白的是义，小人明白的是利。"

【原文】

子曰："见贤思齐焉。见不贤而内自省也。"①

【注释】

①思齐者，冀己亦有是善。省，悉井反。内自省者，恐己亦有是恶。

【译文】

孔子说："见到贤人，应该想向他看齐；见到不贤的人，便应该自我反省，（看有没有同样的毛病。）"

【原文】

子曰："事父母幾谏。见志不从，又敬不违，劳而不怨。"①

【注释】

①此章与《内则》之言相表里。幾，微也。微谏，所谓"父母有过，下气怡色，柔声以谏"也。"见志不从，又敬不违"，所谓"谏若不入，起敬起孝，悦则复谏"也。"劳而不怨"，所谓"与其得罪于乡、党、州、闾，宁熟谏。父母怒不悦，而挞之流血，不敢疾怨，起敬起孝"也。

【译文】

孔子说："侍奉父母，（如果父母有过失，）应该婉言劝止，看到自己的意见没有被听从，应该照样恭敬，不触犯他们，即使内心忧劳也不怨恨。"

【原文】

子曰："父母在，不远游①。游必有方。②"

【注释】

①远游，则去亲远而为日久，定省旷而音问疏；不惟己之思亲不置，亦恐亲之念我不忘也。

②游必有方，如已告云之东，即不敢更适西，欲亲必知己之所在而无忧，召己则必至而无失也。

【译文】

孔子说："父母活着时，不作远行，即使不得已远行，

闵子骞

也应有一定的去处。”

【原文】

子曰：“三年无改于父之道，可谓孝矣。”①

【注释】

①胡氏曰：“已见首篇，此盖复出而逸其半也。”

【译文】

孔子说：“如果三年不改变他父亲的行为原则，就可以说是孝了。”

【原文】

子曰：“父母之年，不可不知也。一则以喜，一则以惧。”①

【注释】

①知，犹记忆也。常知父母之年，则既喜其寿，又惧其衰，而于爱日之诚，自有不能已者。

【译文】

孔子说：“父母的年纪，不可不时时记在心上。一方面因父母寿高而高兴，一方面又因他们寿高而有所忧惧。"

【原文】

子曰："古者言之不出，耻躬之不逮也。"①

【注释】

①言古者，以见今之不然。逮，及也。行不及言，可耻之甚。古者所以不出其言，为此故也。

【译文】

孔子说："古时候人们不轻易把话说出来，因为他们以自己行为赶不上言语为可耻。"

【原文】

子曰："以约失之者鲜矣。"①

【注释】

①鲜，上声。

【译文】

孔子说："因为俭约而犯过失的事是很少的。"

【原文】

子曰："君子欲讷于言而敏于行。"①

【注释】

①行，去声。

【译文】

孔子说："君子说话要谨慎迟钝，做事要敏捷勤奋。"

【原文】

子曰："德不孤，必有邻。"①

【注释】

①邻，犹亲也。德不孤立，必以类应。故有德者必有其类从之，如居之有邻也。

【译文】

孔子说："有德的人不会孤单，必定会有同类的人去亲近他。"

【原文】

子游曰："事君数①，斯辱矣；朋友数，斯疏矣。"②

【注释】

①数，色角反。

②胡氏曰："事君，谏不行，则当去；导友，善不纳，则当止。至于烦渎，则言者轻，听者厌矣，是以求荣而反辱，求亲而反疏也。"

【译文】

子游说："对待君主过于密切，就会招致侮辱；对于朋友过于密切，就会走向疏远。"

卷　三

公冶长第五

【原文】

子谓："公冶长①可妻也。虽在缧绁之中，非其罪也"②。以其子妻之。子谓："南容③，邦有道不废；邦无道，免于刑戮④。"以其兄之子妻之。

【注释】

①公冶长，孔子弟子。

②妻：去声，下同；为之妻也。缧，力追反，黑索也。古者狱中以黑索拘挛罪人。长之为人无所考，而夫子称其"可妻"，其必有以取之矣。

③南容，孔子弟子，居南宫，名适。字子容，谥敬叔。孟懿子之兄也。

④不废，言必见用也。以其谨于言行，故能见用于治朝，免祸于乱世也。事又见第十一篇。

【译文】

孔子说公冶长这个人，"可以把女儿嫁给他。虽然他曾坐过监狱，但那不是他自取的罪过。"于是就把自己的女儿嫁给了他。

孔子说南容这个人，"国家太平时，他不会被废弃不用；国家无道混乱时，他也不致受刑罚。"于是就把自己的侄女嫁给他做妻子。

【原文】

子谓子贱①："君子哉若人！鲁无君子者，斯焉取斯？"②

【注释】

①子贱，孔子弟子，姓宓，名不齐。

②焉，於虔反。上"斯"斯此人，下"斯"斯此德。子贱盖能尊贤取友以成其德者，故夫子既叹其贤，而又言：若鲁无君子，则此人何所取以成此德乎？因以见鲁之多贤也。

【译文】

孔子评论子贱说："他真是个君子呀！如果鲁国没有君子，这个人从哪里取得这种好品德呢？"

澹臺滅明字子羽武城人贈

江伯

澹台灭明

【原文】

　　子贡问曰："赐也何如？"子曰："女器①也。"曰："何器也？"曰："瑚琏②也。"③

【注释】

　　①女，音汝。器者，有用之成材。

　　②瑚，音胡。琏，力展反。夏曰瑚，商曰琏，周曰簠簋，皆宗庙盛黍稷之器而饰以玉，器之贵重而华美者也。

　　③子贡见孔子以君子许子贱，故以己为问，而孔子告之以此。然则子贡虽未至于"不器"，其亦器之贵者欤？

【译文】

　　子贡问孔子说："老师您看我这个人怎么样？"

　　孔子说："你就是一个器具。"子贡问："是什么样的器具呢？"

　　孔子说："瑚琏。"

【原文】

　　或曰："雍①也仁而不佞②。"子曰："焉用佞？御人以口给，屡憎于人。不知其仁，焉用佞？"③

【注释】

　　①雍，孔子弟子，姓冉，字仲弓。

　　②佞，口才也。仲弓为人重厚简默，而时人以佞为贤，

故美其优于德，而病其短于才也。

③焉，於虔反。御，当也，犹应答也。给，辨也。憎，恶也。言何用佞乎？佞人所以应答人者，但以口取辨而无情实，徒多为人所憎恶尔。我虽未知仲弓之仁，然其不佞乃所以为贤，不足以为病也。再言"焉用佞"，所以深晓之。或疑仲弓之贤而夫子不许其仁，何也？曰：仁道至大，非全体而不息者，不足以当之。如颜子亚圣，犹不能无违于三月之后，况仲弓虽贤，未及颜子，圣人固不得而轻许之也。

【译文】

有人说："冉雍这个人有仁德，但却没有口才，不善于谈吐。"孔子说："何必要有口才呢？快嘴利舌地和别人争辩，常常会使人讨厌。冉雍不一定有仁德，但他为什么要有口才呢？"

【原文】

子使漆雕开①仕。对曰："吾斯之未能信。"子说。②

【注释】

①漆雕开，孔子弟子，字子若。

②斯，指此理而言。信，谓真知其如此，而无毫发之疑也。说，音悦。开自言未能如此，未可以治人，故夫子说其笃志。

【译文】

孔子叫漆彤开去做官。他回答道："我对出仕这件事还没有信心。"孔子听了很高兴。

【原文】

子曰："道不行，乘桴①浮于海。从我者，其由与②？"子路闻之喜。子曰："由也好③勇过我，无所取材④。"

【注释】

①桴，音孚，筏也。

②与，阴平。

③从（cóng）：跟随。好，去声。

④材，与裁同，古字借用。

【译文】

孔子说："政治主张行不通了，我就乘着木排漂洋过海到海外去，跟随我的大概只有仲由吧！"子路听到这话，非常高兴。孔子说："仲由这人太好勇敢了，好勇的精神超过了我，这就没什么可取的了。"

【原文】

孟武伯问："子路仁乎？"子曰："不知也①。"又问。子曰：“由也，千乘之国，可使治其赋也。不知其仁也。②”“求也何如？”子曰：“求也，千室③之邑、百乘④之家，可使为之宰⑤也。不知其仁也。”“赤⑥也何如？”子曰：“赤也，束带立于朝⑦，可使与宾客言也。不知其仁也。”

【注释】

①子路之于仁，盖“日月至焉”者。或在或亡，不能必其有无，故以“不知”告之。

②乘，去声。赋，兵也。古者以田赋出兵，故谓兵为赋，《春秋传》所谓“悉索敝赋”是也。言子路之才，可见者如此，仁则不能知也。

③千室，大邑。

④百乘，卿大夫之家。

⑤宰，邑长、家臣之通号。

⑥赤，孔子弟子，姓公西，字子华。

⑦朝，音潮。

【译文】

孟武伯向孔子问子路有没有仁德。孔子说：“不知道。”他又再问。孔子说：“仲由啊，如果有一个拥有一千辆兵车的国家，那么可以叫他负责兵役和军政的工作。至于他是否有仁德，我不知道。”

孟武伯继续问：“冉求又怎么样呢？”孔子说：“冉求啊，拥有一千户人家的大邑，可以叫他做地方主管，有百辆兵车的大夫封地，可以让他当总管。至于他是否有仁德，我不知道。”

“那公西赤又怎么样呢？”孔子说：“赤啊，穿着礼服，站立在朝廷之中，可以让他接待外宾，处理外交的问题。至于他是否有仁德，我不知道。”

【原文】

子谓子贡曰：“女①与回也孰愈②？”对曰：“赐也何敢望回？回也闻一以知十，赐也闻一以知二。③”子曰：“弗如也！吾与，女弗如也。”④

【注释】

①女，音汝，下同。

②愈，胜也。

③一，数之始。十，数之终。二者，一之对也。颜子明睿所照，即始而见终；子贡推测而知，因此而识彼。“无所不悦，告往知来”，是其验矣。

④与，许也。

⑤胡氏曰：“子贡方人，夫子既语以‘不暇’，又问其与回孰愈，以观其自知之如何。闻一知十，上知之资，生知之亚也。闻一知二，中人以上之资，学而知之之才也。子贡平日以己方回，见其不可企及，故喻之如此。夫子以其自知之明，而又不难于自屈，故既然之，又重许之。此其所以终闻性与天道，不特闻一知二而已也。”

公孙龙

【译文】

孔子对子贡说："你和颜回，哪一个强一些？"子贡回答道："我怎么敢和颜回相比呢？他啊，听到一件事就可以推理知道十件事；我呢，听到一件事，就只能推知两件事。"孔子说："赶不上他啊；我赞同你的话，你是赶不上他的。"

【原文】

宰予昼寝①，子曰："朽木不可雕也，粪土之墙不可杇也②。于予与何诛？③"

子曰④："始吾于人也，听其言而信其行；今吾于人也，听其言而观其行。于予与改是。"⑤

【注释】

①昼寝，谓当昼而寐。

②朽，许久反，腐也。雕，刻画也。杇，音污，镘也。言其志气昏惰，教无所施也。

③与：阴平，下同；语词。诛，责也。言不足责，乃所以深责之。

④胡氏曰："'子曰'疑衍文。不然，则非一日之言也。"

⑤行，去声。宰予能言而行不逮，故孔子自言于予之事而改此失，亦以重警之也。

【译文】

宰予在白天睡觉。孔子说："腐烂的木头是不能雕刻的，粪土似的烂墙也不能粉刷；对于宰予啊，不值得我去责备他了。"又说："最初，我对于他人，听到别人的话，就相信他的行为；现在，我对他人，听到别人的话，却还要考察他的行为了。从宰予这件事以后，我改变了这态度。"

【原文】

子曰："吾未见刚者。①"或对曰："申枨②。"子曰："枨也欲，焉得刚？"③

【注释】

①刚，坚强不屈之意，最人所难能者，故夫子叹其未见。

②申枨，弟子姓名。

③欲，多嗜欲也。焉，於虔反。多嗜欲，则不得为刚矣。

【译文】

孔子说："我没有看见过刚毅的人。"有人回答说："申枨是这种人。"孔子说："申枨呀欲望太多，怎么能够刚毅？"

【原文】

子贡曰："我不欲人之加诸我也，吾亦欲无加诸人。"子曰："赐也，非尔所及也。"①

【注释】

①子贡言我所不欲人加于我这事，我亦不欲以此加之于人。此仁者之事，不待勉强，故夫子以为非子贡所及。

【译文】

子贡说："我不愿别人加在我身上的事情，我也不愿把这种事情加在别人身上。"孔子说："赐呀，你还不能做到这个地步呀！"

【原文】

子贡曰："夫子之文章①，可得而闻也；夫子之言性与天道②，不可得而闻也。"③

【注释】

①文章，德之见乎外者，威仪、文辞皆是也。

②性者，人所受之天理。天道者，天理自然之本体。其实一理也。

③言夫子之文章，日见乎外，固学者所共闻；至于性与

天道，则夫子罕言之，而学者有不得闻者。盖圣门教不躐等，子贡至是始得闻之，而叹其美也。

【译文】

子贡说："老师讲授的文化知识，我们能够听到；老师关于人性和天命的言论，我们听不到。"

【原文】

子路有闻，未之能行，唯恐有闻。[1]

【注释】

[1]前所闻者既未及行，故恐复有所闻而行之不给也。

【译文】

子路听到了道理，如果还没有实行，便唯恐又听到新的道理。

【原文】

子贡问曰："孔文子[1]何以谓之文也？"子曰："敏而好[2]学，不耻下问，是以谓之文也。"[3]

【注释】

①孔文子，卫大夫，名圉。

②好，去声。

③凡人性敏者多不好学，位高者多耻下问。故谥法有以"勤学好问"为"文"者，盖亦人所难也。孔围得谥为文，以此而已。

【译文】

子贡问道："孔文子凭什么谥他为'文'呢？"孔子说："他思维敏捷而且爱好学习，不认为向地位卑下的人请教是一种耻辱，所以给他一个'文'的谥号。"

【原文】

子谓："子产①有君子之道四焉，其行己也恭，其事上也敬，其养民也惠，其使民也义。"②

【注释】

①子产，郑大夫公孙侨。

②恭，谦逊也。敬，谨恪也。惠，爱利也。使民义，如都鄙有章、上下有服、田有封洫、庐井有伍之类。

【译文】

孔子评论子产："他具有君子的四种道德：他自己的行为庄重，他侍奉君主恭敬，他抚育人民有恩惠，他役使人民合乎道理。"

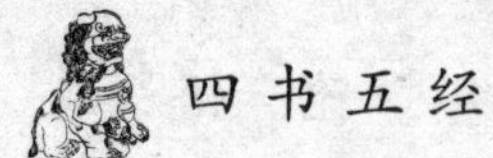

【原文】

子曰：“晏平仲①善与人交，久而敬之。”

子曰：“臧文仲居蔡，山节藻棁②，何如其知也？”③

【注释】

①晏平仲，齐大夫，名婴。

②臧文仲，鲁大夫臧孙氏，名辰。居，犹藏也。蔡，大龟也。节，柱头斗栱也。藻，水草名。棁（zhuō），梁上短柱也。盖为藏龟之室，而刻山于节、画藻于棁也。

③知，去声。当时以文仲为知，孔子言其不务名义，而谄渎鬼神如此，安得为知？《春秋传》所谓作虚器，即此事也。

【译文】

孔子说：“晏平仲善于和别人交朋友，相识越久，友谊越深，别人越尊敬他。”

孔子说：“臧文仲私自把大乌龟壳藏在一个屋子里，这间屋子雕刻着像山一样的斗拱和绘有花草图画的梁上短柱（和天子藏大乌龟的豪华庙堂一样，想占卜时求福）。这怎么能说他是一位聪明的人呢？”

【原文】

子张问曰：“令尹①子文三仕为令尹，无喜色；三已之，无愠色；旧令尹之政，必以告新令尹。何如？”子曰：“忠矣。”曰：“仁矣乎？”曰：“未知。焉得仁？”[②] “崔子[③]弑齐君[④]。陈文子[⑤]有马十乘[⑥]，弃而违[⑦]之。至于他邦，则曰：‘犹吾大夫崔子也。’违之。之一邦，则又曰：‘犹吾大夫崔子也。’违之。何如？”子曰：“清矣。”曰：“仁矣乎？”曰：“未知。焉得仁？”[⑧]

【注释】

①令尹，官名，楚上卿执政者也。

②知，如字。焉，於虔反。子文，名谷於菟。其为人也，喜怒不形，物我无间，知有其国而不知有其身，其忠盛矣，故子张疑其仁。然其所以三仕三已而告新令尹者，未知其皆出于天理而无人欲之私也，是以夫子但许其忠，而未许其仁也。

③崔子，齐大夫，名杼。

④齐君，庄公，名光。

⑤陈文子，亦齐大夫，名须无。

⑥乘，去声。十乘，四十匹也。

⑦违，去也。

⑧文子洁身去乱，可谓清矣，然未知其心果见义理之当然，而能脱然无所累乎？抑不得已于利害之私，而犹未免于怨悔也？故夫子特许其清，而不许其仁。愚闻之师曰：“当理而无私心，则仁矣。今以是而观二子之事，虽其制行之高若不可及，然皆未有以见其必当于理而真无私心也。子张未识仁体，而悦于苟难，遂以小者信其大者，夫子之不许也宜

哉！”读者于此，更以上章“不知其仁”、后篇“仁则吾不知”之语并与三仁、夷、齐之事观之，则彼此交尽，而仁之为义可识矣。今以他书考之：子文之相楚，所谋者无非僭王猾夏之事；文子之仕齐，既失正君讨贼之义，又不数岁而复反于齐焉。则其不仁亦可见矣。

【译文】

子张问道：“楚国的令尹子文几次担任令尹这一职务，没有喜悦的表情。几次被免职，也没有怨怒的表情。每次免职的时候，都把自己做令尹时所制订的政策法令，全部告诉新接任的令尹。这样的人怎么样呢？”孔子回答说：“是忠诚的人啊！”子张说：“可以称得上是‘仁人’吗？”孔子说：“不了解他的内心世界，怎么能算得上仁人呢？”

子张又问：“齐国的大夫崔杼杀死了齐庄公，陈文子有马四十匹丢掉不要而离开了齐国。到了另一个国家，就说：‘这里的执政者同我们齐国的大夫崔杼是一样的。’于是就离开了。又到另一个国家，就又说：‘这里的执政者与我们齐国的大夫崔杼是一样的。’又离开了。陈文子这个人怎么样呢？”孔子说：“是个很清白的人啊！”子张说：“他可以算得上‘仁人’吗？”孔子说：“不了解他的内心世界，怎么能够说是‘仁人’呢？”

【原文】

季文子三思而后行①。子闻之，曰：“再，斯②可矣。”

颜　路

子曰："宁武子③邦有道则知④，邦无道则愚。其知可及也⑤，其愚不可及也。⑥"

【注释】

①三，去声。季文子，鲁大夫，名行父。每事必三思而后行，若使晋而求遭丧之礼以行，亦其一事也。

②斯，语词。

③宁武子，卫大夫，名俞。按《春秋传》，武子仕卫，当文公、成公之时。

④知，去声。

⑤文公有道，而武子无事可见，此其知之可及也。

⑥成公无道，至于失国，而武子周旋其间，尽心竭力，不避艰险。凡其所处，皆知巧之士所深避而不肯为者，而能卒保其身以济其君，此其愚之不可及也。

【译文】

季文子办事情都是考虑了多次才实行。孔子听到这件事，就说："考虑两次就可以了吧！"

孔子说："宁武子这个人，国家清平就显露才智，国家无道就表现痴呆。他的才智是及得上的，他的痴呆是及不上的。"

【原文】

子在陈，曰："归与①！吾党之小子狂简②，斐然成章③，不知所以裁④之。"⑤

子曰："伯夷、叔齐不念旧恶，怨是用希。"⑥

【注释】

①与，阴平。

②吾党小子，指门人之在鲁者。狂简，志大而略于事也。

③斐，音匪，文貌。成章，言其文理成就，有可观者。

④裁，割正也。

⑤此孔子周流四方，道不行而思归之叹也。夫子初心，欲行其道于天下，至是而知其终不用也。于是始欲成就后学，以传道于来世。又不得中行之士而思其次，以为狂士志意高远，犹或可与进于道也。但恐其过中失正，而或陷于异端耳，故欲归而裁之也。

⑥伯夷、叔齐，孤竹君之二子。孟子称其"不立于恶人之朝，不与恶人言"，"与乡人立，其冠不正，望望然去之，若将浼焉"。其介如此，宜若无所容矣；然其所恶之人，能改即止，故人亦不甚怨之也。

【译文】

孔子在陈国，说："回去吧，回去吧！我乡里的后生们狂放而粗略，成绩相当可观，但不知道用什么东西来指导。"

孔子说："伯夷、叔齐不念旧恶，怨恨因此就少了。"

【原文】

子曰："孰谓微生高直①？或乞醯焉；乞诸其邻而与之。"②

子曰："巧言、令色、足③恭，左丘明耻之，丘亦耻之。匿怨而友其人，左丘明耻之，丘亦耻之。"

【注释】

①微生，姓。高，名。鲁人，素有直名者。

②醯，呼西反，醋也。人来乞时，其家无有，故乞诸邻家以与之。夫子言此，讥其曲意徇物，掠美市恩，不得为直也。

③足，将树反，过也。

【译文】

孔子说："谁说微生高正直？有人来要点儿醋；他从邻居那儿要来给人家。"

孔子说："花言巧语、仪容伪善、过于谦恭，左丘明觉得可耻，我也觉得可耻；隐匿怨恨而邀结其人，左丘明觉得可耻，我也觉得可耻。"

【原文】

颜渊、季路侍。子曰："盍①各言尔志？"子路曰："愿车马、衣②轻裘③，与朋友共。敝④之而无憾⑤。”颜渊曰：“愿无伐善⑥，无施劳⑦。”子路曰：“愿闻子之志。”子曰：“老者安之，朋友信之，少者怀之。”⑧

【注释】

①盍，音合，何不也。

②衣，去声，服之也。

③裘，皮服。

④敝，坏也。

⑤憾，恨也。

⑥伐，夸也。善，谓有能。

⑦施，亦张大之意。劳，谓有功，《易》曰：“劳而不伐”是也。

⑧老者养之以安，朋友与之以信，少者怀之以恩。一说：安之，安我也；信之，信我也；怀之，怀我也。亦通。

【译文】

颜回、子路侍从，孔子说：“何不各自谈谈自己的志向。”

子路说：“我愿把车马、衣裘与朋友共享，用坏了不遗憾。”

颜回说：“我希望不夸耀长处、不表白功绩。”

子路说：“愿听到老师的志向。”孔子说：“老者给予他们安抚，朋友给予他们信任，晚辈给予他们关怀。”

孔子说：“罢了！我未曾见到能发现自己的过失而内心

自责的人。"

【原文】

子曰："已矣乎[1]！吾未见能见其过而内自讼者也。"[2]

子曰："十室[3]之邑，必有忠信如丘者焉[4]，不知丘之好[5]学也。"

【注释】

[1] "已矣乎"者，恐其终不得见而叹之也。

[2] "内自讼"者，口不言而心自咎也。人有过而能自知者鲜矣，知过而能内自讼者为尤鲜。能内自讼，则其悔悟深切而能改，必矣。夫子自恐终不得见而叹之，其警学者深矣！

[3] 十室：小邑也。

[4] 焉，如字，属上句。忠信如圣人，生质之美者也。

[5] 好，去声。

【译文】

孔子说："十户人家的村落，必定有像我一样的忠实守信之人，但不如我那样好学。"

雍也第六

【原文】

子曰："雍也可使南面。①"仲弓问子桑伯子②，子曰："可也简。③"仲弓曰："居敬而行简，以临其民，不亦可乎？居简而行简，无乃大简乎？④"子曰："雍之言然。"⑤

【注释】

①南面者，人君听治之位。言仲弓宽洪简重，有人君之度也。

②子桑伯子，鲁人，胡氏以为疑即庄周所称子桑户者是也。仲弓以夫子许己南面，故问伯子如何。

③可者，仅可而有所未尽之辞。简者，不烦之谓。

④言自处以敬，则中有主而自治严，如是而行简以临民，则事不烦而民不扰，所以为可。大，音泰。若先自处以简，则中无主而自治疏矣，而所行又简，岂不失之大简，而无法度之可守乎？

⑤仲弓盖未喻夫子"可"字之意，而其所言之理有默契焉者，故夫子然之。

【原文】

哀公问："弟子孰为好①学？"孔子对曰："有颜回者好学，不迁怒，不贰过②。不幸短命③死矣！今也则亡，未闻好学者也。④"

【注释】

①好，去声。

②迁，移也。贰，复也。怒于甲者，不移于乙；过于前者，不复于后。颜子克己之功至于如此，可谓真好学矣。

③短命者，颜子三十二而卒也。

④亡，与无同。既云"今也则亡"，又言"未闻好学者"，盖深惜之，又以见真好学者之难得也。

【译文】

孔子说："雍这个人可以让他去治理国家。"

【原文】

子华使①于齐，冉子为②其母请粟。子曰："与之釜③。"请益。曰："与之庾④。"冉子与之粟五秉⑤。子曰："赤之适齐也，乘肥马，衣轻裘⑥。吾闻之也，君子周急⑦不继⑧富。"原思⑨为之宰，与之粟九百⑩，辞。子曰："毋！以与尔邻里乡党乎！"

司马牛

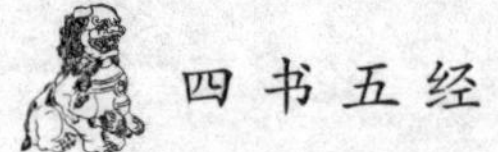

【注释】

①子华，公西赤也。使（shǐ），为孔子使也。

②为，去声。

③釜，六斗四升。

④庾，十六斗。

⑤秉，十六斛。

⑥衣，去声。乘肥马，衣轻裘，言其富也。

⑦急，穷迫也。周者，补不足。

⑧继者，续有余。

⑨原思，孔子弟子，名宪。孔子为鲁司寇时，以思为宰。

⑩粟，宰之禄也。"九百"，不言其量，不可考。

【译文】

子华出使到齐国，冉有为他的母亲要些小米。孔子说："给她六斗四升。"冉有请求再增加些。孔子说："再给她二斗四升。"冉有却给了她一百斗米。孔子说："公西赤到齐国去，乘坐的是肥马驾的车，穿的是轻软的皮袍。我听说过，君子只接济贫穷的人不接济富有的人。"

原思给孔子做管家，孔子给他酬金小米九百，原思推辞不要。孔子说："不要推辞，拿一些去给你的乡亲们吧！"

【原文】

　　子谓仲弓曰："犁[①]牛之子骍且角[②]，虽欲勿用[③]，山川其舍诸？"[④]子曰："回也，其心三月不违仁[⑤]。其馀则日月至焉[⑥]而已矣。"

【注释】

　　①犁，利之反，杂文。

　　②骍，息营反，赤色。周人尚赤，牲用骍。角，角周正，中牺牲也。

　　③用，用以祭也。

　　④山川，山川之神也。舍，上声。言人虽不用，神必不舍也。仲弓父贱而行恶，故夫子以此譬之。言父之恶，不能废其子之善，如仲弓之贤，自当见用于世也。然此论仲弓云尔，非与仲弓言也。

　　⑤三月，言其久。仁者，心之德。心不违仁者，无私欲而有其德也。

　　⑥"日月至焉"者，或日一至焉，或月一至焉，能造其域而不能久也。

【译文】

　　孔子讲到仲弓时，说："一头耕牛的小牛犊长着红色的毛皮，两只角端正饱满，人们虽不想用它祭祀，难道山川之神会舍弃它吗？"

　　孔子说："颜回呀，他的思想长时间不离开仁德，其他的弟子只是在短时间想到仁罢了。”

【原文】

季康子问：“仲由可使从政①也与②？”子曰：“由也果③，于从政乎何有？”曰：“赐也可使从政也与？”曰：“赐也达④，于从政乎何有？”曰：“求也可使从政也与？”曰：“求也艺⑤，于从政乎何有？”

【注释】

①从政，谓为大夫。

②与，阴平。

③果，有决断。

④达，通事理。

⑤艺，多才能。

【译文】

季康子问孔子：“仲由这个人可以派他治理政事吗？”孔子说：“仲由办事果断，对于治理政事有什么困难呢？”

季康子又问：“子贡可以让他治理政事吗？”孔子说：“子贡这个人精通人情事理，对于治理政事有什么困难呢？”

季康子再问道：“子有这个人可以用他治理政事吗？”孔子说：“子有这个人多才多艺，对于治理政事还会有什么困难吗？”

【原文】

季氏使闵子骞①为费②宰。闵子骞曰："善为我辞焉。如有复我者，则吾必在汶上矣。"③

【注释】

①闵子骞，孔子弟子，名损。

②费（bì），音必，季氏邑。

③为，去声。汶，音问，水名，在齐南鲁北境上。闵子不欲臣季氏，令使者善为己辞，言：若再来召我，则当去之齐。

【译文】

季氏派人请闵子骞做他封邑费那个地方的总管。闵子骞对来人说："好好代我婉言谢绝吧！如果再来召我去的话，那么我肯定已逃到汶水的北边了。"

【原文】

伯牛有疾①，子问之，自牖执其手②，曰："亡之，命③矣夫④！斯人也而有斯疾也⑤！斯人也而有斯疾也！"

【注释】

①伯牛，孔子弟子，姓冉，名耕。有疾，先儒以为

癫也。

②牖，南牖也。礼：病者居北牖下。君视之，则迁于南牖下，使君得以南面视己。时伯牛家以此礼尊孔子，孔子不敢当，故不入其室，而自牖执其手，盖与之永诀也。

③命，谓天命。

④夫，音扶。

⑤言此人不应有此疾，而今乃有之，是乃天之所命也。然则非其不能谨疾而有以致之，亦可见矣。

【译文】

伯牛有病，孔子去探视他，从窗口握住他的手，说："失去这个人，真是天意啊！这样的人竟得了这样的病！这样的人竟得了这样的病！"

【原文】

子曰："贤哉，回也！一箪食①，一瓢②饮，在陋巷。人不堪其忧，回也不改其乐③。贤哉回也！④"

【注释】

①箪，竹器。食，音嗣，饭也。

②瓢，瓠也。

③乐，音洛。

④颜子之贫如此，而处之泰然，不以害其乐，故夫子再

214

言"贤哉回也"以深叹美之。

【译文】

　　孔子说："颜回，多么贤德呵！一竹筐饭，一瓢子水，住在狭小的巷子里，别人都不能忍受那种苦楚，颜回却不改变他的乐处。多么贤德啊，颜回！"

【原文】

　　冉求曰："非不说①子之道，力不足②也。"子曰："力不足者，中道而废。今女画③。"

【注释】

　　①说，音悦。
　　②力不足者，欲进而不能。
　　③女，音汝。画者，能进而不欲。谓之画者，如画地以自限也。

【译文】

　　冉求说："我不是不喜欢您的学说，是我能力不够。"孔子说："能力不够的人，是走到中途走不动了才停止，现在你是先划定一个界限停止不前。"

【原文】

子谓子夏曰："女为君子儒，无为小人儒。"①

子游为武城②宰。子曰："女③得人焉尔乎？"曰："有澹台灭明④者，行不由径⑤。非公事，未尝至于偃之室也。⑥"

【注释】

①儒，学者之称。

②武城，鲁下邑。

③女，音汝。

④澹（tán），徒甘反。澹台，复姓。灭明，名。字子羽。

⑤径，路之小而捷者。不由径，则动必以正，而无见小、欲速之意可知。

⑥公事，如饮射读法之类。非公事不见邑宰，则其有以自守，而无枉己徇人之私可见矣。

【译文】

孔子对子夏说："你要做一个有道德的君子儒，不要做缺德的小人儒。"

子游担任武城的长官，孔子说："你在那儿发现人才了吗？"子游说："有一个叫澹台灭明的人，走路从不插小道，若不是公事，从不到我屋里来。"

【原文】

子曰："孟之反[1]不伐[2]。奔而殿[3]；将入门，策[4]其马，曰：'非敢后也，马不进也。'[5]"

【注释】

①孟之反，鲁大夫，名侧。

②伐，夸功也。

③奔，败走也。殿，去声，军后曰殿。

④策，鞭也。

⑤战败而还，以后为功。反奔而殿，故以此言自掩其功也。事在哀公十一年。

【译文】

孔子说："孟之反不夸耀自己。他（在军队溃败时）走在最后，掩护全军，将进城门，便鞭打着（所乘战车前的）马，说：'不是我敢走在最后，是我的马不快些跑。'"

【原文】

子曰："不有祝鮀之佞[1]，而有宋朝之美[2]，难乎免于今之世矣！"[3]

子曰："谁能出不由户？何莫由斯道也？"[4]

先师孔子行教像

【注释】

①祝鮀（tuó）：卫大夫，字子鱼，有口才。

②朝，宋公子，有美色。

③言衰世好谀悦色，非此难免，盖伤之也。

④言人不能出不由户，何故乃不由此道邪？怪而叹之之辞。

【译文】

孔子说："如果没有祝鮀那样的口才，却有着宋朝那样的美貌，在今天的社会中，恐怕难以避免祸患了。"

孔子说："谁能不通过房门而能从屋中出来呢？为什么不从人生正道上行走呢？"

【原文】

子曰："质胜文则野①，文胜质则史②。文质彬彬③，然后君子。"④

子曰："人之生也直，罔之生也幸而免。"

子曰："知之者不如好之者，好之者不如乐之者。"⑤

子曰："中人以上⑥，可以语⑦上也；中人以下，不可以语上也。"⑧

【注释】

①野，野人，言鄙略也。

②史，掌文书，多闻习事，而诚或不足也。

③彬彬，犹班班，物相杂而适均之貌。

④言学者当损有余，补不足，至于成德，则不期然而然矣。

⑤好，去声。乐，音洛。

⑥"以上"之上，上声。

⑦语，去声，告也。

⑧言教人者，当随其高下而告语之，则其言易入而无躐等之弊也。

【译文】

孔子说："质朴超过了文采，就显得粗鄙；文采超过了质朴，就显得虚浮。只有文采与质朴和谐地配合在一起，这才成为君子。"

孔子说："人能活着是由于正直；不正直的人活着，不过是侥幸地免于祸患罢了。"

孔子说："（对任何有益的东西），了解它的人比不上喜爱它的人，喜爱它的人比不上乐在其中的人。"

孔子说："中等水平以上的人，可以告诉他高深的东西；中等水平以下的人，不可以告诉他高深的东西。"

【原文】

樊迟问知。子曰："务民之义，敬鬼神而远之，可谓知矣。"问仁。曰："仁者先难而后获，可谓仁矣。"①

子曰："知者乐水，仁者乐山。知者动，仁者静。知者乐，仁者寿。"②

子曰："齐一变，至于鲁；鲁一变，至于道。"③

子曰："觚不觚，觚哉！觚哉！"④

【注释】

①知、远，皆去声。民，亦人也。获，谓得也。专用力于人道之所宜，而不惑于鬼神之不可知，知者之事也。先其事之所难，而后其效之所得，仁者之心也。此必因樊迟之失而告之。

②知，去声。乐：上二字并五教反，喜好也；下一字音洛。知者达于事理而周流无滞，有似于水，故乐水；仁者安于义理而厚重不迁，有似于山，故乐山。动、静以体言，乐、寿以效言也。动而不括故乐，静而有常故寿。

③孔子之时，齐俗急功利，喜夸诈，乃霸政之余习。鲁则重礼教，崇信义，犹有先王之遗风焉；但人亡政息，不能无废坠尔。道，则先王之道也。言二国之政俗有美恶，故其变而之道有难易。

④觚，音孤，棱也。或曰酒器，或曰木简，皆器之有棱者也。不觚者，盖当时失其制而不为棱也。"觚哉！觚哉"，言不得为觚也。

【译文】

樊迟问什么是聪明。孔子说："尽心尽力使人民走上'义'的道路，严肃地对待鬼神，但并不依赖它，可以说是聪明了。"樊迟又问什么是仁德。孔子说："有仁德的人凡事先付出劳苦，然后获得成功，这可以说是仁德了。"

孔子说："智者喜欢水，仁者喜欢山。智者喜欢动，仁者喜欢静。智者快乐，仁者长寿。"

孔子说："齐国（的政治、文化）一经变革，可以达到鲁国的状况；鲁国（的政治、文化）一经变革，可以合乎道的水平。"

孔子说："觚不像觚，这是觚吗！这是觚吗！"

【原文】

宰我问曰："仁者，虽告之曰'井有仁[1]焉'，其从[2]之也？[3]"子曰："何为其然也？君子可逝也，不可陷也；可欺也，不可罔也。"[4]

子曰："君子博学于文，约之以礼，亦可以弗畔矣夫！"[5]

【注释】

①刘聘君曰："'有仁'之仁当作人。"今从之。

②从，谓随之于井而救之也。

③宰我信道不笃，而忧为仁之陷害，故有此问。

④逝，谓使之往救。陷，谓陷之于井。欺，谓诳之以理之所有。罔，谓昧之以理之所无。盖身在井上，乃可以救井中之人；若从之于井，则不复能救之矣。此理甚明，人所易晓，仁者虽切于救人而不私其身，然不应如此之愚也。

⑤约，要也。畔，背也。夫，音扶。君子学欲其博，故于文于不考；守欲其要，故其动必以礼。如此，则可以不背于道矣。

【译文】

宰我问孔子说："那有仁德的人，就是告诉他'井中有仁人在那儿'，他会不会跟着入井呢？"孔子说："为什么要这样做呢？君子可以让他离去，却无法陷害他；可以欺瞒他，却无法愚弄他。"

孔子说："君子广泛地学习文献，再用礼义约束自己，也就可以不至于离经叛道了。"

【原文】

子见南子，子路不说①。夫子矢②之，曰："予所③否④者，天厌⑤之！天厌之！"⑥

【注释】

①南子，卫灵公之夫人，有淫行。说，音悦。孔子至卫，南子请见。孔子辞谢，不得已而见之。盖古者仕于其

国，有见其小君之礼。而子路以夫子见此淫乱之人为辱，故不说。

②矢，誓也。

③所，誓词也，如云"所不与崔、庆者"之类。

④否，方九反，谓不合于礼，不由其道也。

⑤厌，弃绝也。

⑥圣人道大德全，无可不可。其见恶人，固谓在我有可见之礼，则彼之不善，我何与焉？然此岂子路所能测哉？故重言以誓之，欲其姑信此而深思以得之也。

【译文】

孔子会见南子，子路很不高兴。孔子对天发誓说："如果我有不对的行为，请天厌弃我！请天厌弃我！"

【原文】

子曰："中庸①之为德也，其至②矣乎！民鲜久矣。③"

【注释】

①中者，无过、无不及之名也。庸，平常也。

②至，极也。

③鲜，上声，少也。言民少此德，今已久矣。

【译文】

孔子说："中庸这种道德，是最高的了，人们缺乏它已

224

经很久了。”

先圣小像

【原文】

子贡曰：“如有博施①于民而能济众，何如？可谓仁乎？”子曰：“何事于仁，必也圣乎②！尧、舜其犹病诸③！夫④仁者，己欲立而立人，己欲达而达人⑤。能近取譬，可谓仁之方也已。”

【注释】

①博，广也。施，阴平。

②仁以理言，通乎上下。圣以地言，则造其极之名也。乎者，疑而未定之辞。

③病，心有所不足也。言此何止于仁，必也圣人能之

乎？则虽尧、舜之圣，其心犹有所不足于此也。以是求仁，愈难而愈远矣。

④夫，音扶。

⑤以己及人，仁者之心也。于此观之，可以见天理之周流而无间矣。状仁之体，莫切于此。

【译文】

子贡问道："假如有这样一个人，广泛地对人们给予好处，并帮助人们渡过难关，这人怎么样？可以说是仁了吗？"孔子说："岂止是仁呢！那一定是达到圣的境界了。即使尧舜也难以做到！所谓仁，就是自己要成立，也让别人成立；自己要通达，也让别人通达。能够从身边的事例做起，这就可以说是仁的路向了。"

卷 四

述而第七

【原文】

子曰："'述而不作①，信而好②古。'窃比于我老彭。③"

子曰："默而识之④，学而不厌，诲人不倦，何有于我哉？"⑤

【注释】

①述，传旧而已。作，则创始也。故作非圣人不能，而述则贤者可及。

②好，去声。

③窃比，尊之之辞。我，亲之之辞。老彭，商贤大夫，见《大戴礼》，盖信古而传述者也。

④识：音志，又如字；记也。默识，谓不言而存诸心

也。一说：识，知也，不言而心解也。前说近是。

⑤何有于我，言何者能有于我也。三者已非圣人之极至，而犹不敢当，则谦而又谦之辞也。

【译文】

孔子说："只阐述以前的文化而不从事创作，崇信并爱好古代文化——我私下将自己与我那老彭相比。"

孔子说："默默地将（所见所闻）记在心里，学习从不满足，教导他人从不疲倦——这些事情我做到了什么呢？"

【原文】

子曰："德之不修，学之不讲，闻义不能徙，不善不能改，是吾忧也。"①

子之燕居②，申申如也，天天如也。③

【注释】

①尹氏曰："德必修而后成，学必讲而后明，见善能徙，改过不吝，此四者，日新之要也。苟未能之，圣人犹忧，况学者乎？"

②燕居，闲暇无事之时。

③杨氏曰："申申，其容舒也。天天，其色愉也。"

【译文】

孔子说："品德不加以培养，学问不予以讲求，听到道义所在不能前往，有缺点错误不能改正——这是我的忧虑。"

　　孔子退朝闲居时，看上去很整齐的样子，很舒展和乐的样子。

【原文】

　　子曰："甚矣吾衰也！久矣吾不复①梦见周公。"②

　　子曰："志于道③，据于德④，依于仁⑤，游于艺⑥。"

【注释】

　　①复，扶又反。

　　②孔子盛时，志欲行周公之道，故梦寐之间，如或见之。至其老而不能行也，则无复是心，而亦无复是梦矣，故因此而自叹其衰之甚也。

　　③志者，心之所之之谓。道，则人伦日用之间所当行者是也。知此而心必之焉，则所适者正，而无他歧之惑矣。

　　④据，音倨。据者，执守之意。德者，得也，得其道于心而不失之谓也。得之于心而守之不失，则终始惟一，而有日新之功矣。

　　⑤依者，不违之谓。仁，则私欲尽去而心德之全也。功夫至此而无终食之违，则存养之熟，无适而非天理之流行矣。

　　⑥游者，玩物适情之谓。艺，则礼乐之文，射、御、书、数之法，皆至理所寓，而日用之不可阙者也。朝夕游

焉，以博其义理之趣，则应务有余，而心亦无所放矣。此章言人之为学当如是也。盖学莫先于立志，志道，则心存于正而不他；据德，则道得于心而不失；依仁，则德性常用而物欲不行；游艺，则小物不遗而动息有养。学者于此，有以不失其先后之序、轻重之伦焉，则本末兼该，内外交养，日用之间无少间隙，而涵泳从容，忽不自知其入于圣贤之域矣。

【译文】

孔子说："我衰老得多么严重啊！我已经很长时间没有再梦见周公了！"

孔子说："立志于道，坚守着德，不违背仁，游憩于六艺之中。"

【原文】

子曰："自行束脩①以上，吾未尝无诲焉。"②

子曰："不愤③不启④，不悱⑤不发⑥。举一隅不以三隅反⑦，则不复⑧也。"

【注释】

①脩，脯也。十脡为束。脡，音挺。脡，长条的干肉。

②古者相见，必执贽以为礼；束脩，其至薄者。盖人之有生，同具此理，故圣人之于人，无不欲其入于善。但不知

230

来学，则无往教之礼，故苟以礼来，则无不有以教之也。

③愤，房粉反。愤者，心求通而未得之意。

④启，谓开其意。

⑤悱，芳匪反。悱者，口欲言而未能之貌。

⑥发，谓达其辞。

⑦物之有四隅者，举一可知其三。反者，还以相证之义。

⑧复，扶又反，再告也。

【译文】

孔子说："只要愿意送给我十条这么一点干肉做见面礼，我从来没有不愿意收他为学生教诲他的。"

孔子说："教导学生，不到他想要把问题搞通而还没搞通的时候不去开导他，不到他想要说出而又说不出来的时候不去启发他。告诉他一个角，他却不能由此推知其他三个角，就不再教他了。"

【原文】

子食于有丧者之侧，未尝饱也①。子于是日哭，则不歌。②

子谓颜渊曰："用之则行，舍之则藏，唯我与尔有是夫！③"子路曰："子行三军，则谁与？④"子曰："暴虎冯河，死而无悔者，吾不与也。必也临事而惧，好谋而成者也。"⑤

子曰："富而可求也，虽执鞭之士，吾亦为之。如不可求，从吾所好。"⑥

【注释】

①临丧哀，不能甘也。

②哭，谓吊哭。一日之内，余哀未忘，自不能歌也。谢氏曰："学者于此二者，可见圣人情性之正也。能识圣人之情性，然后可以学道。"

③舍，上声。夫，音扶。

④万二千五百人为军，大国三军。子路见孔子独美颜渊，自负其勇，意夫子若行三军，必与己同。

⑤暴虎，徒搏。冯，皮冰反。冯河，徒涉。惧，谓敬其事。好，去声。成，谓成其谋。言此皆以抑其勇而教之，然行师之要实不外此，子路盖不知也。

⑥执鞭，贱者之事。好，去声。设言富若可求，则虽身为贱役以求之亦所不辞。然有命焉，非求之可得也，则安于义理而已矣，何必徒取辱哉？

【译文】

孔子在有丧事的人旁边吃饭，从来没有吃饱过。

孔子在这一天吊丧时哭过，则不再唱歌了。

孔子告诉颜回说："用我的话，就干起来，不用的话，就隐藏起来，只有我和你能做到这一点吧！"子路说："如果你统帅军队作战，愿和谁同去？"孔子说："空着两手和老虎搏斗，不用船光着脚过河，死了都不知后悔的人，我不同他在一起。〔同我在一起的人，〕一定是面对要做的事便严肃谨慎，仔细谋划而务必完成的人。"

孔子说："财富假如可以求来的话，就是下贱的差事，我也会去做。如果求它不到的话，还是干我所喜好的吧。"

【原文】

子之所慎：齐，战，疾。①

子在齐闻《韶》，三月不知肉味。曰："不图为乐之至于斯也！"②

冉有曰："夫子为卫君乎？③"子贡曰："诺④。吾将问之。"入，曰："伯夷、叔齐⑤何人也？"曰："古之贤人也。"曰："怨⑥乎？"曰："求仁而得仁，又何怨！"出，曰："夫子不为也。"⑦

【注释】

①齐，庄皆反。齐，斋戒齐之为言齐也，将祭而齐其思虑之不齐者，以交于神明也。诚之至与不至，神之飨与不飨，皆决于此。战则众之死生、国之存亡系焉，疾又吾身之所以死生存亡者，皆不可以不谨也。

②《史记》"三月"上有"学之"二字。不知肉味，盖心一于是而不及乎他也。

③为，去声，犹助也。卫君，出公辄也。灵公逐其世子蒯聩。公薨，而国人立蒯聩之子辄。于是晋纳蒯聩而辄拒

之。时孔子居卫，卫人以蒯聩得罪于父，而辄嫡孙当立，故冉有疑而问之。

④诺，应辞也。

⑤伯夷、叔齐，孤竹君之二子。其父将死，遗命立叔齐。父卒，叔齐逊伯夷。伯夷曰："父命也。"遂逃去。叔齐亦不立而逃之，国人立其中子。其后武王伐纣，夷、齐扣马而谏。武王灭商，夷、齐耻食周粟，去，隐于首阳山，遂饿而死。

⑥怨，犹悔也。君子居是邦，不非其大夫，况其君乎？故子贡不斥卫君，而以夷、齐为问。夫子告之如此，则其不为卫君可知矣。盖伯夷以父命为尊，叔齐以天伦为重。其逊国也，皆求所以合乎天理之正，而即乎人心之安。既而各得其志焉，何怨之有？若卫辄之据国拒父而惟恐失之，其不可同年而语明矣。

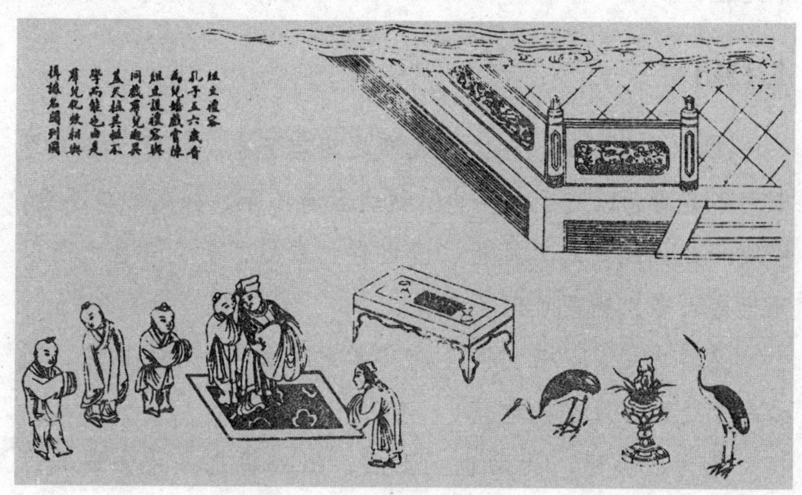

俎豆礼容

⑦为，帮。

【译文】

孔子所小心谨慎的有三件事：斋戒，战争，疾病。

孔子在齐国听到《韶》这一乐章，很长时间都尝不到肉味，于是说："想不到欣赏音乐竟可以到了这种境界。"

冉有说："老师去帮助卫公吗？"子贡说："是啊，我去问问他。"

子贡走进孔子的屋里，说："伯夷、叔齐是怎样的人？"孔子说："古代的贤人。"子贡说："他们不做国君，互相推让。后来是不是后悔了？"孔子说："他们求仁德，又得到了仁，有什么可以怨恨的呢？"

子贡从孔子屋里退出来，说："老师不去帮助卫君。"

【原文】

子曰："饭疏食①，饮水，曲肱而枕②之，乐③亦在其中矣。不义而富且贵，于我如浮云。"④

子曰："加我数年，五十⑤以学《易》，可以无大过矣。⑥"

【注释】

①饭，符晚饭，食之也。食音嗣。疏食，粗饭也。

②枕，去声。

③乐，音洛。

④圣人之心，浑然天理，虽处困极，而乐亦无不在焉。

其视不义之富贵，如浮云之无有，漠然无所动于其中也。

⑤刘聘君见元城刘忠定公自言尝读他《论》，"加"作"假"，"五十"作"卒"。盖"加"、"假"声相近而误读，"卒"与"五十"字相似而误分也。愚按：此章之言，《史记》作"假我数年，若是我于《易》则彬彬矣"。"加"正作"假"，而无"五十"字。盖是时，孔子年已几七十矣，"五十"字误无疑也。

⑥学《易》则明乎吉凶消长之理、进退存亡之道，故可以无大过。盖圣人深见《易》道之无穷，而言此以教人，使知其不可不学，而又不可以易而学也。

【译文】

孔子说："吃粗粮，喝冷水，弯着胳膊当枕头睡觉，其中也自有它的乐趣。干不正当的事而得到的财富与权贵，在我看来就如同浮云。"

孔子说："让我多活几年吧，到了五十岁的时候去学习《易经》，就可以没有大的过错了。"

【原文】

子所雅言：《诗》，《书》，执礼，皆雅言也。①

叶公问孔子于子路，子路不对。子曰："女奚不曰：其为人也，发愤忘食，乐以忘忧，不知老之将至云尔。"②

【注释】

①雅，常也。执，守也。《诗》以理情性，《书》以道政事，礼以谨节文，皆切于日用之实，故常言之。礼独言执者，以人所执守而言，非徒诵说而已也。

②未得，则发愤而忘食；已得，则乐之而忘忧。以是二者，俛（fǔ，同俯）焉日有孳孳，而不知年数之不足，但自言其好学之笃耳。然深味之，则见其全体至极、纯亦不已之妙，有非圣人不能及者。盖凡夫子之自言类如此，学者宜致思焉。

【译文】

孔子有用雅言的时候，诵读《诗》《书》和赞礼时，都用雅言。

叶公向子路询问孔子是怎样的人，子路不知道怎样回答。孔子说："你为什么不这样说：他的为人呀，发愤得忘记了吃饭，快乐得忘记了忧愁，不知道衰老就要到来，如此而已。"

【原文】

子曰："我非生而知之者①，好②古，敏③以求之者也。"④

子不语怪、力、乱、神。⑤

子曰："三人行，必有我师焉。择其善者而从之，其不善者而改之。"⑥

【注释】

①生而知之者，气质清明，义理昭著，不待学而知也。

②好，去声。

③敏，速也，谓汲汲也。

④尹氏曰："孔子以生知之圣，每云好尝得，非惟勉人也。盖生而可知者义理尔，若夫礼乐名物、古今事变，亦必待学而后有以验其实也。"

⑤怪异、勇力、悖乱之事，非理之正，固圣人所不语。鬼神，造化之迹，虽非不正，然非穷理之至，有未易明者，故亦不轻以语人也。谢氏曰："圣人语常而不语怪，语德而不语力，语治而不语乱，语人而不语神。"

⑥三人同行，其一我也。彼二人者，一善一恶，则我从其善而改其恶焉。是二人者，皆我师也。尹氏曰："见贤思齐，见不贤而内自省，则善恶皆我之师，进善其有穷乎？"

职司委吏

【译文】

孔子说："我不是一生下来就有知识的人，而是爱好古代文化，敏捷勤奋地去求得知识的人。"

孔子不谈论四样事情：怪异，勇力，叛乱，鬼神。

孔子说："三人在一起走路，其中一定有人可以做我的老师。我选择他们的优点供自己学习，把他们的缺点作为自己的借鉴而改掉。"

【原文】

子曰："天生德于予，桓魋①其如予何？"②

【注释】

①魋（tuí），徒雷反。桓魋，宋司马向魋也。出于桓公，故又称桓氏。

②魋欲害孔子，孔子言天既赋我以如是之德，则桓魋其奈我何？言必不能违天害己。

【译文】

孔子说："上天把圣德赋予了我，桓魋能把我怎么样！"

【原文】

子曰："二三子以我为隐乎？吾无隐乎尔。吾无行而不

与^①二三子者，是丘也。”^②

【注释】

①与，犹示也。

②诸弟子以夫子之道高深不可几及，故疑其有隐，而不知圣人作、止、语、默无非教也，故夫子以此言晓之。程子曰：“圣人之道犹天然，门弟子亲炙而冀及之，然后知其高且远也。使诚以为不可及，则趋向之心不几于怠乎？故圣人之教，常俯而就之如此，非独使资质庸下者勉思企及，而才气高迈者亦不敢躐易而进也。”吕氏曰：“圣人体道无隐，与天象昭然，莫非至教。常以示人，而人自不察。”

【译文】

孔子说：“你们这些学生以为我会隐瞒什么吗？我不会对你们隐瞒任何东西。我没有什么不告诉你们的，这就是我孔丘的为人。”

【原文】

子以四教：文，行，忠，信。^①

【注释】

①行，去声。程子曰：“教人以学文、修行而存忠、信也。忠、信，本也。”

【译文】

孔子从四个方面教育学生：文化知识，社会实践，忠心耿耿，坚守信约。

【原文】

子曰："圣人①，吾不得而见之矣；得见君子②者，斯可矣。"子曰③："善人，吾不得而见之矣；得见有恒者④，斯可矣。亡而为有，虚而为盈，约而为泰，难乎有恒矣。⑤"

【注释】

①圣人，神明不测之号。

②君子，才德出众之名。

③"子曰"字，疑衍文。

④恒，胡登反，长久之意。张子曰："有恒者，不贰其心。善人者，志于仁而无恶。"

⑤亡，读为无。三者皆虚夸之事，凡若此者，必不能守其常也。张敬夫曰："圣人、君子以学言，善人、有恒者以质言。"愚谓有恒者之与圣人，高下固悬绝矣，然未有不自有恒而能至于圣者也。故章末申言有恒之义，其示人入德之门，可谓深切而著明矣。

【译文】

孔子说："圣人，我是不可能见到了，能够看见君子，也就可以了。"

孔子又说："善人，我是不可能见到了，能够见到操守坚定的人，就可以了。本来没有却假装有，本来空虚却装作充足；本来就很穷困，却装作很富足。这样的人是很难有坚定的操守的。"

【原文】

子钓而不纲，弋不射宿。①

【注释】

①纲，以大绳属网，绝流而渔者也。弋，以生丝系矢而射也。射，食亦反。宿，宿鸟。洪氏曰："孔子少贫贱，为养与祭，或不得已而钓、弋，如猎较是也。然尽物取之，出其不意，亦不为也。此可见仁人之本心矣。待物如此，待人可知；小者如此，大者可知。"

【译文】

孔子钓鱼不用大绳横断流水捕鱼，只用鱼竿钓鱼；他用带生丝的箭射鸟，但不射归巢栖息的鸟。

【原文】

子曰："盖有不知而作之者，我无是也①。多闻择其善者而从之，多见而识之，知之次也。②”

【注释】

①不知而作，不知其理而妄作也。孔子自言未尝妄作，盖亦谦辞，然亦可见其无所不知也。

②识，音志，记也。所从不可不择，记则善恶皆当存之，以备参考。如此者虽未能实知其理，亦可以次于知之者也。

【译文】

孔子说：“大概有一种自己不知道而凭空创造的人，我没有这个毛病。广泛听取各方面的意见，选择其中最好的采用，博览群书，全记在心里。这样学习得到的知识是仅次于‘生而知之’的。”

【原文】

互乡难与言①。童子见②，门人惑③。子曰：“与其进也，不与其退也，唯何甚！人洁己以进，与其洁也，不保其往也。”④

【注释】

①互乡，乡名。其人习于不善，难与言善。
②见，贤遍反。

③惑者，疑夫子不当见之也。

④疑此章有错简。"人洁"至"往也"十四字，当在"与其进也"之前。洁修治也。与，许也。往，前日也。言人洁己而来，但许其能自洁耳，固不能保其前日所为之善恶也；但许其进而来见耳，非许其既退而为不善也。盖不追其既往，不逆其将来，以是心至，斯受之耳。"唯"字上下，疑又有阙文，大抵亦不为已甚之意。程子曰："圣人待物之洪如此。"

【译文】

互乡这个地方的人很难和他们交谈。但互乡有一个少年却受到了孔子的接见，弟子们都感到迷惑不解。孔子说："我们赞成他的进步，不赞成他的退步，待人家又何必太过分呢？人家把自己收拾得干干净净来求见，就应该赞许他的干净，不要抓住人家过去的污点不放。"

【原文】

子曰："仁远乎哉？我欲仁，斯仁至矣。"①

【注释】

①仁者，心之德，非在外也。放而不求，故有以为远者；反而求之，则即此而在矣，夫岂远哉？程子曰："为仁由己，欲之则至，何远之有？"

【译文】

孔子说："仁德距离我们很远吗？只要我想得到仁，仁就可以到来。"

【原文】

陈司败①问："昭公知礼乎？"孔子曰："知礼。②"孔子退。揖巫马期而进之③，曰："吾闻君子不党④，君子亦党乎？君取于吴，为同姓，谓之吴孟子⑤。君而知礼，孰不知礼？"巫马期以告。子曰："丘也幸，苟有过，人必知之。"⑥

【注释】

①陈，国名。司败，官名，即司寇也。

②昭公，鲁君，名裯。习于威仪之节，当时以为知礼。故司败以为问，而孔子答之如此。

③巫马，姓。期，字。孔子弟子，名施。司败揖而进之也。

④相助匿非曰党。

⑤取，娶礼不娶同姓，而鲁与吴皆姬姓。谓之吴孟子者，讳之，使若宋女子姓者然。

⑥孔子不可自谓讳君子恶，又不可以娶同姓为知礼，故受以为过而不辞。吴氏曰："鲁善夫子父母之国。昭公，鲁之先君也。司败又未尝显言其事，而遽以'知礼'为问，其

对之宜如此也。及司败以为有党，而夫子受以为过，盖夫子之成德，无所不可也。然其受以为过也，亦不正言其所以过，初若不知孟子之事者。可以为万世之法矣。"

【译文】

陈司败问孔子："鲁昭公懂不懂礼？"孔子回答说："懂礼！"

孔子出去后，陈司败就向巫马期作了个揖，请他走到自己身边来，然后对他说："我听说君子是无所偏袒的，难道君子也偏袒别人吗？鲁君从吴国娶了一位夫人，与他同为姬姓，称为吴孟子。鲁君如果知礼的话，还有谁不知礼呢？"

巫马期把陈司败的话转告给了孔子，孔子说："我也真幸运呀！假如有过错，人家总会指出来的。"

【原文】

子与人歌而善，必使反之，而后和之。①

【注释】

①和，去声。反，复也。必使复歌者，欲得其详而取其善也。而后和之者，喜得其详而与其善也。此见圣人气象从容，诚意恳至，而其谦逊审密，不掩人善又如此。盖一事之微，而众善之集，有不可胜既者焉。读者宜详味之。

【译文】

孔子与别人一道唱歌，如果别人唱得好听，他一定请人家再唱一遍，然后自己就跟着他唱。

【原文】

子曰："文莫吾犹人也。躬行君子，则吾未之有得。"①

【注释】

①莫，疑辞。"犹人"，言不能过人，而尚可以及人。"未之有得"，则全未有得。皆自谦之辞，而足以见言行之难易缓急，欲人之勉其实也。谢氏曰："文，虽圣人，无不与人同，故不逊；能躬行君子，斯可以入圣，故不居。犹言'君子道者三，我无能焉'。"

【译文】

孔子说："文事方面，或许我与他人差不多。作为躬行实践的君子，那么我还没有做到。"

【原文】

子曰："若圣与仁，则吾岂敢？抑为之不厌，诲人不倦，则可谓云尔已矣。"公西华曰："正唯弟子不能学也。"①

学琴师襄

【注释】

①此亦夫子之谦辞也。圣者，大而化之。仁，则心德之全而人道之备也。为之，谓为仁圣之道。诲人，亦谓以此教人也。然不厌不倦，非己有之则不能，所以弟子不能学也。晁氏曰："当时有称夫子圣且仁者，以故夫子辞之。苟辞之而已焉，则无以进天下之材，率天下之善，将使圣与仁为虚器，而人终莫能至矣。故夫子虽不居仁圣，而必以为之不厌、诲人不倦自处也。'可谓云尔已矣'者，无他之辞也。公西华仰而叹之，其亦深知夫子之意矣。"

【译文】

孔子说："要说圣和仁，我怎么敢当呢？倘说努力去做而不满足，教导他人不厌倦，还可以说是差不多了。"

公西赤说："这正是我们做学生的难以学到的。"

【原文】

子疾病，子路请祷①。子曰："有诸？②"子路对曰："有之。《诔》③曰：'祷尔于上下神祇④。'"子曰："丘之祷久矣。"⑤

【注释】

①祷，谓祷于鬼神。

②有诸，问有此理否。

③诔，力轨反。诔者，哀死而述其行之辞也。

④上下，谓天地。天曰神，地曰祇。

⑤祷者，悔过迁善，以祈神之佑也。无其理则不必祷。既曰有之，则圣人未尝有过，无善可迁，其素行固已合于神明，故曰："丘之祷久矣。"又《士丧礼》疾病行祷五祀，盖臣子迫切之至情有不能自已者，初不请于病者而后祷也。故孔子之于子路，不直拒之，而但告以无所事祷之意。

【译文】

孔子患了重病，子路请求祈祷。孔子说："有这样做的吗？"子路答道："有的，诔文说：'为你向上下神灵祈祷。'"孔子说："那我祈祷很久了。"

【原文】

子曰："奢则不孙①，俭则固②。与其不孙也，宁固。"③

子曰："君子坦荡荡④，小人长戚戚。"⑤

子温而厉⑥，威而不猛，恭而安。⑦

【注释】

①孙（xùn），去声，顺也。

②固，陋也。

③奢、俭俱失中，而奢之害大。晁氏曰："不得已而救时之弊也。"

④坦，平也。荡荡，宽广貌。程子曰："君子坦荡荡，心广体胖。"

⑤程子曰："君子循理，故常舒泰；小人役于物，故多忧戚。"

⑥厉，严肃也。

⑦人之德性本无不备，而气质所赋，鲜有不偏。惟圣人全体浑然，阴阳合德，故其中和之气见于容貌之间者如此。门人熟察而详记之，亦可见其用心之密矣。抑非知足以知圣人而善言德行者不能记，故程子以为曾子之言。学者所宜反复而玩味也。

【译文】

孔子说："奢侈就不恭顺，俭朴就简陋。与其不恭顺，宁可简陋。"

孔子说："君子心地坦荡，小人经常忧戚。"

孔子温和而严厉，威严而不粗暴，谦恭而安详。